書下ろし

# 闇奉行 娘攫《さら》い

喜安幸夫



祥伝社文庫

目次

「闇奉行 娘攫《さら》い」の舞台

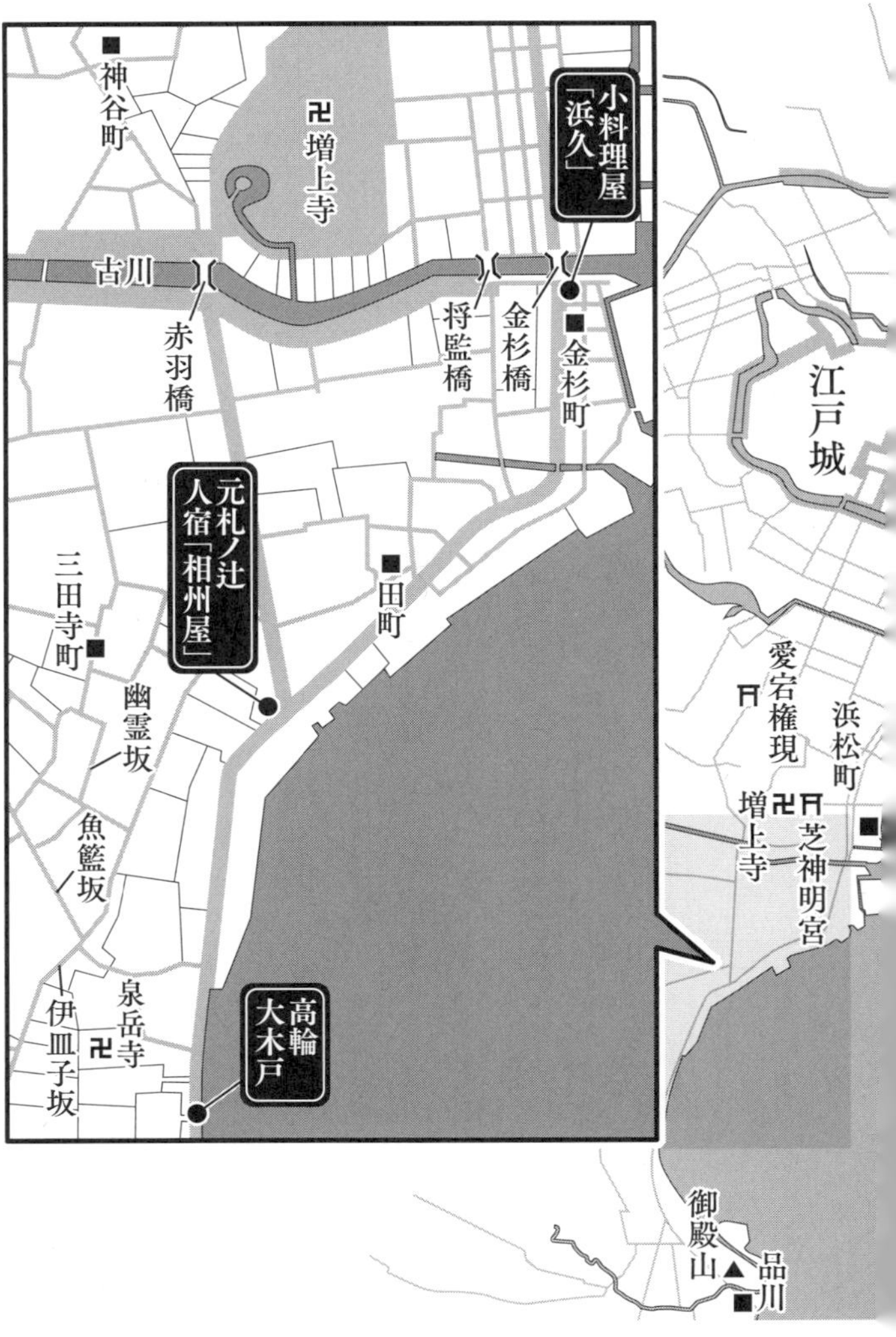

神谷町
増上寺
小料理屋「浜久」
古川
赤羽橋
将監橋
金杉橋
金杉町
江戸城
元札ノ辻人宿「相州屋」
三田寺町
田町
幽霊坂
魚籃坂
愛宕権現
浜松町
増上寺
芝神明宮
泉岳寺
伊皿子坂
高輪大木戸
御殿山
品川

# 一　辻説法の怪

## 一

陽射《ひざ》しがきつい。

文政《ぶんせい》二年（一八一九）の夏の終わりのころである。

まだ残暑がきつく、お沙世《さよ》はもう幾度《いくど》、往還《おうかん》に水を撒《ま》いたろうか。

陽が西の空に大きくかたむき、ようやく札《ふだ》ノ辻《つじ》の茶店にも日陰ができた。

田町《たまち》四丁目の東海道《とうかいどう》に面した、往来人はもとより大八車に荷馬の列、さらに町《まち》駕籠《かご》が行《い》き交《か》い、風がなくてもほこりっぽい一角である。

「ほんと、恐いよう」

「あたしゃ、この歳《とし》でよかったわさ」

行商から帰って来たおクマ婆《ばあ》さんとおトラ婆さんが、往還にまでせり出した茶店の縁台に腰を据《す》え、いつものようにお茶をすすりながらひと息ついた。

向かい側が、二人がねぐらにしている人宿《ひとやど》の相州屋《そうしゅうや》だ。

街道は日の入りを迎え、人や荷の動きがきょう一日を締めくくる慌《あわ》ただしさを見せている。

そのなかで、茶店の看板娘で前掛《まえかけ》姿のお沙世を相手に、

「一人や二人じゃないって、行《ゆ》く方《かた》知れずになっているのは」

「それも評判の容貌良《きりようよ》しばっかり」

「えぇぇ、そうなんですかあ！」

「そうさね。心配だよう、その娘《こ》たち。親御さんたちも」

「だったら、悩みがたちどころに解決するっていう、祈禱僧《きとうそう》に相談してみたら。そんなお坊さんがいるって聞いたことがありますよ」

「ああ、知ってるよ。なんでも涼しげなようすの、辻説法《つじせっぽう》の坊さんだろう。でもさ、拐《かどわ》かしだとしたら、お坊さまだってわからないんじゃないかねえ」

などと、行商の疲れも忘れたように夢中で話している。

行商といっても、二人は一風変わっており、おクマは蠟燭《ろうそく》の流れ買いで、おト

ラは付木《つけぎ》売りをしている。

蠟燭のしずくをかき集めて買取り、再生用として蠟燭屋に持ちこむのが蠟燭の流れ買いで、火打石で火を熾《おこ》すときに使う、硫黄《いおう》を塗った付木を売り歩くのが付木売りである。

いずれも軽くてかさばらず、持ち運びが楽なので年寄りの仕事になっている。しかも得意先の台所にまで入るから、家々のおかみさんや女中さんたちと世間話をする機会も多く、町のうわさも人一倍、耳にする。

縁台のすぐ前を、大八車が土ぼこりを上げて通り過ぎた。

小太りに丸顔のおクマが真剣な表情で、

「お沙世ちゃんもかわいいんだから、気をつけてよねえ」

「女を狙《ねら》った拐かしなら、絶対許せない。わたし、囮《おとり》になって捕まえてやろうかしら」

お沙世がなかば本気のような口調で言ったのへ、

「もう、お沙世ちゃんはっ」

「そんなこと言ってると、ほんとに攫《さら》われちまうんだからっ」

細身で面長《おもなが》のおトラは怒ったように返し、おクマもつづけた。

お沙世は一度は武家に嫁《とつ》いだものの、子に恵まれず離縁され、いまは祖父母の茶店を手伝っている。しかし、婚家がすぐに後妻を迎えたことを知り、三十人もの女たちを集めて、〝うわなり打ち〟を仕掛け、無念を晴らしたものである。

そんな気性を知っているだけに、

(この娘なら、実際にやりかねない)

二人の年寄りは、それを懸念《けねん》したのだ。

「ともかく、気をつけてよ」

と、急ぐように婆さんたちは相州屋の路地へ消えた。陽の沈むまえに、湯に行かなければならない。

そのすぐあと、

「おう、お沙世ちゃん。こんな時分にゆっくり茶を飲む客もあるめえによ」

と、これも仕事から戻った羅宇屋《らうや》の仁左《じんざ》が、背の道具箱に羅宇竹《らうだけ》の音を立てながら声をかけた。お沙世がおクマとおトラを見送り、街道に立っていたのを、客の呼びこみと見たようだ。

「やあ、お沙世ちゃん。暑いのにまだ仕事かい」

と、うしろに竹馬《たけうま》の古着売りがつづいている。小猿《こざる》の伊佐治《いさじ》だ。おクマやおトラと同様、路地奥にある相州屋の寄子宿《よりこやど》に住みついている。

「あ、仁左さんに伊佐《いさ》さん。ちょいと待ってくださいな」

お沙世は二人を呼びとめ、街道を横切った。

ちょうど前を、町駕籠が威勢《いせい》のいいかけ声とともに走って行った。

「どうしたい」

「また、お茶でも出してくれるかい」

と、仁左と伊佐治は立ち止まり、路地への入口付近で立ち話になった。

縁台に座っても、お沙世は相州屋の住人たちからお代をとったりはしない。それ以上のものを、この茶店は相州屋から得ている。茶店に限らず、飲食の店にはつきものの、用心棒の代わりを相州屋が果たしているのだ。もちろん相州屋は、この茶店から見ケ〆料《みかじめりょう》などをとったりはしない。

仁左と伊佐治も、おクマやおトラのように、町のうわさを拾いやすい商《あきな》いだ。仁左は得意先の裏庭に入って縁側で店開きをし、その家のあるじや番頭たちと世間話などをしながら、煙管《きせる》の脂取《やにと》りや羅宇竹のすげ替えをする。得意先には商家もあれば武家もある。

竹馬の古着売りは、路上での莚《むしろ》商いと異なり、天秤棒《てんびんぼう》の前後に足をつけ、そこに古着を引っかけるというより積み上げ、町角や広場に据えて客待ちをする。移動しやすく、それが竹馬に似ているところから〝竹馬の古着売り〟と呼ばれ、町内のおかみさんや女中たちが集まって来て、井戸端《いどばた》会議ならず、竹馬談義のお喋《しゃべ》りの場になったりもする。

伊佐治は三十路《みそじ》の仁左より四、五歳年上だが、〝小猿〟などと二つ名をとっているように、体軀《たいく》がきわめて小づくりで柔軟でもあり、天秤棒を担いでいると、ほんとうの竹馬が歩いているように見える。

「いましがた、おクマさんとおトラさんから聞いたんだけどねえ」

と、お沙世はさきほどの話を披露《ひろう》し、

「きょう行った町で、なにかそれらしいこと、聞いていませんか」

「拐かし？　なんだね、それ。聞いちゃいねえなあ。伊佐どんは？」

「俺も知らねえ。行く方知れずって、駆落《かけお》ちでもしたんじゃねえのかい。それを親たちは世間体《せけんてい》をはばかって、拐かしなどと……」

「んもう、あなたたちには訊《き》かない。旦那《だんな》さまに訊くから」

お沙世は怒ったようにぷいと二人に背を向け、慌ただしい動きの街道をまた茶店のほうへ戻った。

お沙世がいう〝旦那さま〟とは、相州屋のあるじ忠吾郎《ちゅうごろう》のことである。達磨《だるま》を連想させる顔で体軀にも貫禄《かんろく》があり、五十路《いそじ》をすこし超そうかという年行きの人物である。

相州屋の人宿というのは、宿泊ができる口入屋《くちいれや》のことで、行く先もなく奉公先を求めている者が暫時《ざんじ》身を寄せられる、地方から出て来た者にはきわめてありがたい所である。だから相州屋は、暖簾《のれん》を街道筋に張っているのだ。

相州屋は五部屋つづきの長屋を母屋《おもや》の裏手に二棟持っており、それを寄子宿といい、そこに身を置く者を寄子《よりこ》といった。

おクマとおトラは相州屋が開店して以来、もう十年も寄子をつづけている。蠟燭の流れ買いや付木売りでは、自分でどこかに部屋を借りて住まうには心許ない。あるじの忠吾郎は、

「――おクマとおトラは、相州屋《ここ》が竟《つい》の住処《すみか》になろうかのう」

などと言っている。

一方、仁左と伊佐治のように、三十と三十四、五になるいい男が寄子宿にとぐろを巻き、そこから仕事に出ているなどみょうなことだが、

（――わしの道楽に、役に立ちそうな男）

と、忠吾郎が見込み、寄子にしているのだ。

実際、二人は、役に立っていた。

街道から路地に入れば、そこが寄子宿だ。

「伊佐どん、お沙世ちゃんが言ったからというんじゃねえが、行く方知れずが一人や二人じゃないってのはちょいと気になるなあ。竹馬に集まる女衆から、ほんとになにも聞いちゃいねえかい」

「ああ、初耳だ。あとでお頭《かしら》に訊いてみるかい」

「おクマさんとおトラさんにもなあ」

二人は話しながら、路地を抜けた。

仁左と伊佐治は二人だけのとき、忠吾郎を〝お頭〟などと称《よ》んでいる。忠吾郎と二人の影走りから、その呼び名もまたふさわしいのだ。

二

遡《さかのぼ》ること半日。おクマとおトラが〝拐かし〟のうわさを持って帰って来た日の昼間、事件は起きていた。

東海道田町の札ノ辻からは遠く離れた、川向こうの本所亀戸村《ほんじょかめいどむら》である。大川《おおかわ》（隅田川《すみだ》）に架《か》かる両国橋《りょうごく》のすこし下流に、東岸の本所から掘割《ほりわり》の竪川《たてかわ》が流れこんでいる。竪川は大川への河口から東へまっすぐに延び、その川筋を一ツ目橋、二ツ目橋と過ぎ、四ツ目橋も過ぎ、河口から二十五丁（およそ二・七粁《キロ》）ほどもさかのぼった北岸の一帯が亀戸村である。

村といっても竪川の両岸には町場がつながり、その背後に田畑をはさんで武家屋敷の白壁がつづいている。三ツ目橋を過ぎたあたりからは、町場はあるものの百姓地が点在し、四ツ目橋を越えれば両岸の商舗《みせ》や民家はまばらになり、武家屋敷も百姓地に点在するかたちとなる。

だがこのあたりの武家屋敷は、大名家の下屋敷か高禄《こうろく》の旗本屋敷で、重厚感のある長屋門に長い白壁がつづいている。

さきほどから、若い武士にその女中らしき若い女がつかず離れずに、町場と田を一、二枚経《へ》たところにある武家屋敷とのあいだを、行きつ戻りつしていた。

町場といっても、粗末《そまつ》な商舗が掘割に点々と張りついている程度で、もちろん人通りも少ない。そこを過ぎた武家屋敷のまわりは田地で、土地《ところ》の百姓衆がところどころ草取りに出ているのが見えるのみである。それらのなかで、この二人に

気づく者がおれば、

（まえにも来ていたが、あの屋敷を窺《うかが》っている？）

と、その所作から、勘《かん》ぐるかもしれない。

実際、窺っていた。

土地の者に、あれはどなたのお屋敷か訊けば、

「あれは今をときめく将軍さまの御取次《おとりつぎ》人、中野《なかの》清茂《きよしげ》さまのお屋敷じゃ。知らないのかね」

との応《こた》えが返ってくるだろう。禄高九千石の旗本である。

二人は初めて来たとき、四ツ目橋の近くで訊いたのだが、その屋敷の所在はすぐにわかった。

正面門よりも、裏門を見張っているようだ。

ということは、屋敷の主ではなく、奉公人に用があるようだ。

もう幾度目になるか、裏門の前を通り、白壁の脇を町場のほうへ戻りかけたが立ち止まり、

「いっそ、正面から訪《おとな》いを入れてみては」

「いえ。ともかく屋敷の腰元か中間《ちゅうげん》の出て来るのを待ちましょう。まず、よう

すを探るのが肝要《かんよう》です」

　話しているとき、

「おっ」

　二人は同時にふり返った。

　目の前が町場で、細い往還一本のすぐ先が竪川である。石段と石畳を組んだ舟《ふな》寄場《よせば》がそこにある。

　裏門から、耳戸《くぐりど》の慌ただしく開く音が聞こえたのだ。

　腰元衣装の女が一人、飛び出て来た。

　つづいて武士が二人、耳戸から走り出て来た。明らかに、腰元を追っている。

　二人は身構えた。

「助けてーっ」

　腰元は二人に助けを求め、裾《すそ》を乱して駈《か》け寄って来る。

「お勢《せい》どの、あの女人《にょにん》を掘割の舟へっ」

「はい、長十郎《ちょうじゅうろう》さまっ」

　二人はそう呼び合った。瞬時に分担を決めたのだ。

「こっちこっち」

お勢と呼ばれた女は飛び上がって手を上げ、逃げて来る腰元に振った。

「逃がさんぞーっ」

追っ手の武士二人が間合いを詰めてくる。

「助太刀《すけだち》いたすうーっ」

長十郎と呼ばれた侍姿は抜刀するなり、武士二人に向かって駆け出した。

この騒ぎに、

「どうした、どうした！」

「えっ、斬り合い⁉」

町場からも人が走り出て来た。

武士二人はひるんでたたらを踏んだ。

将軍家の御用取次となれば、権勢比類なきものがある。逆に見れば、敵も多い。昼日中、その家来が町中《まちなか》で斬り合いをしたとあれば、どのような詮索《せんさく》をされ、誰にどう足をすくわれるかわかったものではない。ひるんだということは、追っ手二人に分別があるということだろう。

長十郎はくるりときびすを返し、腰元の背後を護《まも》るようにあとを追った。

「こっち、こっち。早《はよ》う」

お勢が腰元を先導しながら、舟寄せ場へと走る。

衆人環視のなかである。

そのとき、耳戸からまた一人、走り出て来た。

「逃がすでないぞ！　斬り捨てかまわぬっ」

さきの二人の上役のようだ。

「はーっ」

追っ手二人はふたたび走り出した。

長十郎とお勢、腰元の三人はすでに町中である。すぐ目の前に竪川の水音が聞こえる。舟寄場の石段がそこにある。長十郎とお勢は大川から猪牙舟《ちょきぶね》を駆り、そこから亀戸村に上がったのだ。

「逃げろ、逃げろ」

「早う！」

町衆たちは逃げる側に加担している。

武士たちが走れば、女連れより足は断然速い。

逃げる三人は石段を駈け下り、長十郎が猪牙舟に飛び乗るなり艫綱《ともづな》を解き棹《さお》を握った。お勢も裾をたくし上げ舟に飛び乗った。舟は岸を離れかけている。

「早うっ」

お勢が腰元に手を差しのべようとしたときだった。

「ぎゃーっ」

腰元は身をそり返らせ、血しぶきとともに、

――バシャン
川面《かわも》に水音を立てた。

「きゃーっ」

「き、斬りやがった！」

岸辺に叫び声が上がった。

石段を駈け下りた追っ手の一人が、腰元の背を上段から斬り下げたのだ。飛んだ血潮から、かなりの深手のようだ。

舟はすでに岸を離れ、流れに乗っている。

腰元は川面に落ちた勢いで沈み、すぐさま見えなくなった。水面だけが、血に染められた。

「その舟、返せーっ、戻せーっ」

追っ手の武士たちは叫び、棹を取る長十郎めがけて小柄《こづか》を放った。

舟は揺れている。さいわいにして逸《そ》れたが、さらにもう一人が小柄を頭上に振りかざした。

岸辺から、

「早う、早う離れて！」

町衆の声が飛ぶ。腰元を找《さが》すどころではない。

「おぉう」

長十郎は棹を川に突き、全身に力を込めた。

舟は速度を増した。

小柄が飛んで来た。

届かなかった。

追っ手三人は石段を駈け上った。

「おおぉぉぉ」

集まった町衆が声を上げた。数が増えている。

追っ手の二人が川沿いの往還を走ろうとしたのを、上役らしい武士が、

「待て、捨て置け。引き揚げるぞ」

正しい判断だった。三人の武士が猪牙舟を追って川沿いを叫びながら走れば、

騒ぎはたちまち竪川全体のものとなり、それは両国まで広がるだろう。

斬られた腰元はまだ見えない。もう生きているはずはない。

長十郎とお勢にとっては、中野屋敷を探ろうとしていて、思わぬ事態に遭遇したことになる。

三

三日ほどを経た。

街道にはすでに往来人や大八車に荷馬などが出て、一日の動きが始まった時分だった。

札ノ辻では、きのう六郷川《ろくごうがわ》を渡って川崎《かわさき》か品川《しながわ》あたりで夜になり、一泊してからけさ早く江戸府内に入った旅人や、これから江戸を発《た》って西へ向かおうとする旅姿の者がすれ違っている。

それらを眺めながら、脇差《わきざし》ほどの長さがある鉄の長煙管《ながぎせる》を腰に差し、相州屋の軒先に立つ忠吾郎の姿があった。貫禄のある忠吾郎が、朝早くにおもてへ出て街道を眺めている姿は、相州屋がここに暖簾を張ってからずっとのことであり、いまでは札ノ辻の名物になっている。

よもやそのようすから、元は旗本の出でいまの北町奉行、榊原主計頭忠之《さかきばらかずえのかみただゆき》の実の弟だと想像する者はいないだろう。

「こちらへどうですか。きょうはそれらしい人、いましたか」

お沙世が湯飲みを盆に載せ、忠吾郎に声をかけた。

「おう、お沙世ちゃん。すまねえなあ」

と、これから江戸を出るのか旅姿の者と、それの見送り人たちだろう。品川のほうへ向かう一群をやり過ごしてから、忠吾郎は街道を横切り、茶店の縁台に腰を下ろした。

「もう、旦那ったら。お茶を飲むときくらいは、目を休ませてくださいよ」

縁台の横に、空《から》の盆を小脇に立っているお沙世が、あきれたように言う。忠吾郎の目は、茶を飲みながらもさっきの一群を目で追うように、南方向に向けられている。

地方で喰いつめた者や居所を失った者が、ふらふらと江戸へながれて来るのを待ち構えているのだ。そうした者がなんとかなるだろうと江戸に入っても、ロクなことにはならない。それが若い女だったなら、悲惨《ひさん》な末路は目に見えている。

そうなるまえに札ノ辻で声をかけ、救いを求めた者を寄子宿に住まわせ、真っ当な奉公先を世話しているのだ。

忠吾郎はそれが人宿の仕事であり、世のためと心得ている。

忠吾郎がこの仕事を思い立ったのは、東海道の相州小田原《おだわら》で強面《こわもて》の一家を張っていたときだった。裏の世界に身を置きながら、土地に住めなくなった者や喰いつめた男や女たちが江戸に向かい、さらに泥沼にはまって行く姿を、幾例も見てきた。

(――一人でもいい、救ってやれないものか)

と、思い立ち、一家を代貸《だいがし》に禅譲《ぜんじよう》し、江戸で暖簾を張ったのが、札ノ辻の人宿相州屋である。

おクマとおトラの役割は大きい。新たに寄子宿に入った者を、亀の甲より年の功で、親身になって面倒を看《み》ている。

羅宇屋の仁左を寄子宿に入れたのは、煙草《たばこ》好きの忠吾郎にとって至便だからというだけではない。兄である榊原忠之が、町奉行であるがゆえに動けない事件に探索の手を入れ、天誅《てんちゆう》まで加える〝影走り〟のことを思い、

(――この者、役に立ちそうな……)

と、目串《めぐし》を刺したからだった。

それが旗本家による夜鷹《よたか》殺しの糾明《きゅうめい》などで期待を超える動きを見せ、いまでは寄子になってから一年も経ていないのに、

（――こやつ、いったい以前は……）

と、そら恐ろしさまで感じはじめている。

忠吾郎が北町奉行との関係までを仁左に話したのは、ただの羅宇屋とは思えないこの男に、自分の背景を話せば、

（やつもまた、おのれの素性を明かしてくれるのではないか）

と、思ってのことである。

だが仁左は、忠吾郎の背景をすんなり受け入れたが、自分の素性は、

「――自慢できるようなものじゃござんせん」

と、はぐらかしている。

それでも忠吾郎は、

（そのうち語るだろう）

と、気長に構えている。

かつての配下で博奕打《ばくちう》ちだった小猿の伊佐治を小田原から呼び寄せたのは、忠

吾郎が人宿をしながら影走りをすることになった、今年夏場のころである。

（――仁左のほかに、動ける者をもう一人）

と、声をかけたのだが、江戸の町で竹馬の古着屋をしながら、羅宇屋の仁左とうまく対を組み、おもてにも裏にも、素早い動きを見せている。伊佐治の体が柔軟なのは、小田原で忠吾郎の一家に草鞋《わらじ》を脱ぐまえは、旅の一座で手裏剣《しゅりけん》の曲打ちを得意技にした軽業《かるわざ》師だったからだ。

忠吾郎に来客があったのは、おクマとおトラが、

「きょうからしばらく、三田《みた》の寺町《てらまち》のほうをまわってくるよ」

「ついでに、高輪《たかなわ》の大木戸のほうもさ」

と、お沙世に声をかけ、背の道具箱に羅宇竹の音を立てる仁左に竹馬の伊佐治がつづき、

「俺たちは逆方向で、増上寺《ぞうじょうじ》のほうをまわらあ」

「あのうわさ、気をつけておくぜ」

と、出て行ったすぐあとだった。

札ノ辻から街道を南に進めば、田町九丁目に高輪の大木戸があり、江戸府内は

ここまでで、大木戸を出れば街道は袖ケ浦《そでがうら》の浜辺に沿い、品川の宿場に至る。北に進めば増上寺の門前につながる浜松町《はままつちょう》を経て、新橋《しんばし》、京橋《きょうばし》を渡って日本《にほん》橋《ばし》に行き着く。

その北方向に仁左と伊佐治が歩を向けた矢先、

「おっ、あれは」

「染《そめ》じゃねえか」

と、同時に声を上げた。

前を行く大八車の向こうに、染谷結之助《そめやゆいのすけ》の姿を見たのだ。単《ひとえ》の着物の裾をちょいとつまみ、脇差を無造作に差している姿は、どう見ても遊び人である。

〝染〟と言ったのは伊佐治である。旗本の夜鷹殺しのときに相州屋の部屋で引き合わされ面識はあるが、伊佐治は本名も素性も知らない。忠吾郎の知り人で、奉行所の動きにいやに詳しい、重宝な与太《よた》といったくらいの認識しかない。染谷は北町奉行所の、有能な隠密廻り《おんみつまわ》り同心なのだ。いまも町人髷《ちょうにんまげ》でどこから見ても町場の遊び人としか思えない姿で、街道のながれにふらふらと乗っているようすが、熟練の隠密廻りであることを物語っている。

そこを仁左は、

（なぜ忠吾郎旦那は、伊佐どんに染谷さんの素性を伏せているのだろう）

と、疑問を抱いている。

本名が榊原忠次《ただつぐ》であり、実兄が北町奉行であることも、忠吾郎は伊佐治に伏せている。仁左も敢《あ》えて伊佐治に話していない。

仁左たちと染谷との距離が近づく。

染谷も向かいから来る仁左と伊佐治に気づいたか、

「やあ」

手を上げた。

（まずい）

仁左は思った。伊佐治が正体をまだ知らないことを、染谷のほうは把握しているのか、いないのか……。

双方のあいだに、大八車はいなくなった。

「おぉう、お二方《ふたかた》。これから仕事かい」

「これは染どん、どちらへ」

話しかけて来た染谷に伊佐治が返した。

「おまえさん方の旦那に、ちょいと用事でなあ」

「そうかい。いまなら向かいの茶店でお茶を飲んでいなさらあ。なんの用でえ」

「あはは、野暮用《やぼよう》さ」

伊佐治の問いに染谷はさりげなく返し、

「おう、またな」

仁左が先を急がせるようにひと言入れ、

「おう」

と、双方はすれ違った。

大したものである。染谷は〝侍《さむらい》〟をまったく伊佐治に感じさせていない。あくまでも町場の与太になりきっている。

歩を進めながら、

「染どんが、お頭、いや、旦那になんの用かなあ」

「さあ、なんだろう。それよりも、おクマさんとおトラさんが気にしていたらうわさよ。気をつけていてやろうぜ。このあたりに入ろうか」

「おう」

二人とも、どこでも思い立ったところでできる商いだ。まだ田町の界隈《かいわい》だったが脇道に入り、

「きせーるそうじ、いたーしやしょう」

「ふるーぎ、古着。たけー馬にござい」

それぞれに触売《ふれうり》の声を上げはじめた。

同時に仁左は、

(もしかしたら、うわさの拐かしが、奉行所の手に負えない事態になっているのかもしれねえ)

脳裡《のうり》に走らせていた。

夜鷹殺しのときがそうだった。染谷が相州屋を訪ねるのは、奉行の榊原忠之が相州屋忠吾郎こと弟の忠次の手を借りねばならなくなり、会う日時を打合せるためであることを知っている。

忠吾郎は向かいの茶店の縁台で染谷の来たのを見ると、

「おう、染。来たかい」

「へえ、呉服橋《ごふくばし》の大旦那から」

「そうかい、部屋で聞こうか」

と、忠吾郎は腰を上げた。

お沙世がすぐそばにいる。このやりとりなら、なにやら商いの話のように聞こえる。北町奉行所は外濠《そとぼり》の呉服橋御門内にあり、そこの大旦那とは、奉行の榊原忠之のことである。

背後で、

「ここでもお茶、出しますのに」

お沙世が不満そうに言っていた。

店の帳場格子の中には、番頭の正之助《まさのすけ》が座っている。仕事一筋の男で、忠吾郎が忠之の影走りをできるのは、正之助が人宿の仕事を一切仕切ってくれているからだった。

染谷は奥の部屋で端座の姿勢をとるなり、

「きょうです。八ツ（およそ午後二時）時分に金杉橋《かなすぎばし》の浜久《はまきゅう》で」

と、日時を告げ、

「いま江戸で、若い女がつぎつぎと行く方知れずになっているのをご存じでしょうか」

と、問いかけた。

忠吾郎はおクマとおトラから聞いただけで、詳しくは知らない。町場のことで、根の深い事件だとは思わなかったのだ。

だが、端座の姿勢で染谷は言った。形《なり》は町場の遊び人でも身は隠密廻り同心であり、対座しているのは奉行の実弟である。

「耳にはしたが、町場によくある事件じゃないのかい。そんな話をわしのところに持って来るなど、兄者《あにじゃ》らしくもない。夜鷹殺しのときのように、相州屋の寄子だった女が拐かされたというのなら話は別だが」

「いいえぇ」

忠吾郎が返したのへ、染谷は町人髷の頭《かぶり》を横に大きくふり、

「そんなのではございませぬ。もっと大きな、柳営《りゅうえい》（幕府）の行く末を左右するかもしれないような……。どうやら、九千石の旗本、中野清茂さまが関わっているとの疑いが出ておりますので」

「なんと！」

忠吾郎は驚きの声を上げた。

中野清茂といえば家斉《いえなり》将軍の御用取次で、大奥に入れた養女のお美代《みよ》の方《かた》が家斉将軍の寵愛《ちょうあい》を一身に受けていることを笠に着て、老中をもしのぐ権勢を誇っていることは、忠吾郎もうわさに聞いて知っている。

その清茂が若い女の拐かしにからんでいるとなれば、町場で聞くうわさが、単

なる町中の事件としてすまされないことは明らかである。

「話せ、詳しく」

「それはお奉行から忠次さまへ直々《じきじき》に、と」

奉行所にはできない探索を、相州屋に依頼したいようだ。

「相分《あいわ》かった。きょうの八ツに、金杉橋の浜久じゃな」

「はっ」

忠吾郎は武家言葉で応じ、遊び人姿の染谷も、武士の作法で両の拳《こぶし》を畳についた。この光景は、伊佐治や茶店のお沙世には見せられない。

仁左は商家の裏庭の縁側に羅宇竹をならべ、伊佐治は田町一丁目の町角に、古着の竹馬を据えているころである。

おクマとおトラは、三田の寺町をまわっている。お寺は蠟燭の消費が多く、しずくを効率よく集められ、それだけ付木も多く使う。

四

「へい、それじゃご免なすって」

と、染谷が帳場格子の中に座っている番頭の正之助に声をかけ、帰ったあとすぐ、忠吾郎は女中に、

「きょう、昼は浜久ですませるから」

と、告げていた。

浜久はお沙世の実家である。赤羽橋《あかばねばし》の南たもとで、街道に面して暖簾を張り小ぢんまりとした構えだが、奥に小さな座敷をいくつか持つ小料理屋だ。橋の北たもとの街道筋は、増上寺の門前につながる浜松町である。

亭主の久吉《ひさきち》はお沙世の兄であり、嫁で女将《おかみ》のお甲《こう》はお沙世の義姉ということになる。

浜久では、相州屋忠吾郎が得体の知れない武士と鳩首《きゅうしゅ》するとき、いつも一番奥の部屋を用意し、手前の部屋を空き部屋にする。盗み聞きを防ぐためである。それを亭主の久吉も女将のお甲も心得ており、忠吾郎もそこを配慮して飲食の店が昼の書き入れ時を終えた時分に出かけ、忠之もそこを考慮し、八ツを指定してきたのである。

その時刻が来た。

忠吾郎は鉄の長煙管を腰に、一人で近くを散歩でもするかのようにふらりと出

かけた。

奉行の忠之も、お供は遊び人姿の染谷結之助一人で、両刀を腰に深編笠《ふかあみがさ》をかぶり、高禄武士のお忍び姿である。

玄関が人通りの多い街道に面しているため、出入りがかえって目立たない。暖簾をくぐっても、いずれかの武士がふらりと立ち寄ったように見える。

「これは札ノ辻の旦那さま、お連れさまはさっきお越しになったばかりで」

と、忠吾郎が玄関で女将のお甲に迎えられたとき、すでに奥の部屋には忠之と染谷が来ていた。

いつものとおり、手前の部屋のふすまは開け放され、空き部屋になっている。貫禄のある武士と脇差一本の遊び人風と、それに鉄の長煙管を腰にした人宿のあるじといった奇妙な組み合わせだが、仲居たちももう慣れたもので、

「――いったい、どういったお集まりなんでしょうねえ」

などと詮索しなくなっている。

部屋に入ると忠吾郎は、

「さあ、染谷どのも足をくずしなされ」

と、あぐらに腰を下ろした。

　忠之も、

「そのほうが話しやすいでのう」

「はっ、それでは」

と、染谷は忠之につづき、ようやく足をあぐらに組み替えた。

「あははは。そのほうが衣装にも似合《にお》うておる」

と、忠吾郎がこの場の雰囲気をやわらげてから、忠之に視線を向け、

「染どんから聞いたが、なんでも町娘の拐かしに、九千石の御用御取次がからんでいるとか。あははは、そりゃあ幕閣も見て見ぬふりで、たとえ兄者でも手も足も出ませんじゃろ」

「まったく歯に衣着《きぬき》せぬ言いようをするやつじゃ。そのとおり、だからおまえを呼んだのだ」

「で、わしになにをどうしろと？　まさか中野清茂を秘《ひそ》かに……」

　手で人を斬る仕草を見せ、

「くわばら桑原《くわばら》。そんなことしてみなせえ。公儀《こうぎ》隠密が束《たば》になって札ノ辻に殺到し、人宿一軒じゃ、とても防ぎきれませんわい」

「いや、相州屋さん。その逆かもしれませんぞ。幕閣の面々から秘かに感謝さ

れ、科人《とがにん》を探索しようとする者がおれば、ご公儀が護ってくれたりしましてなあ」

忠吾郎の伝法《でんぽう》な口調に合わせ、いくらか冗談めいて言ったのは、染谷だった。なかなか骨のある男である。だから忠之が側近に据え、相州屋忠吾郎こと忠次とのつなぎ役にしているのだろう。イザというときには、仁左や伊佐治とならんで有力な戦力にもなるのだ。

「あはは」

と、忠之は配下の物騒なもの言いを愉快そうに笑い、

「そこまで話は進んでおらん。まだ、ほんの入口じゃ。若い娘の拐かしが中野清茂どのの仕業《しわざ》かどうかもまだ判らん。まあ、もろもろの事象《じしょう》から、そう推測できる段階でなあ」

「ほう。つまり兄者は、それをわしに調べ、証拠をつかめ、と？」

「そういうことじゃ。染谷、これまで判ったことを話してやれ」

「へえ」

言われた染谷は返事をし、

「うわさを頼りに、江戸市中に網を張り、探索しやしたところ……」

身なりにふさわしい、伝法な口調で話しはじめた。遊び人に化け、手先の岡っ引も駆使して調べたのだろう。調べたときの言葉遣いで話すのは、相州屋忠吾郎に対し、

(隠していることは、なにもありやせんぜ)

と、言っていることにもなろうか。

それによれば、このところ、若く見栄《みば》えのいい僧侶《そうりょ》が辻説法《つじせっぽう》に立ち、経を誦《ず》し、願い出た者には払子《ほっす》で清めもしているのが、いま若い娘たちのあいだで、秘かに評判になっているらしい。その僧には寺男と見られる下男が二人つき、町角をながす願人坊主《がんにんぼうず》とは明らかに違い、威厳《いげん》とありがたみがあるそうな。

「あっしはまだ、見たことねえのでやすが」

染谷は言う。

その場で世俗の煩悩《ぼんのう》、すなわち悩み事相談にも乗るらしい。

「見たという者の話によれば、どうやらそのあとで、相談した美形の若い女だけが、行く方知れずになっているらしいので」

「ほう、なるほど。それが僧形《そうぎょう》であれば、たとえ胡散臭《うさんくさ》い願人坊主や得体の知れない虚無僧《こむそう》であっても、管掌《かんしょう》は寺社奉行じゃで、ますます町奉行所は手が出

せんという寸法ですかい」

「もちろん、それもある。おまえも知っておろう。支配違いとは、なかなかうるさいものでなあ。おまえは、そういう武家の決まり事を嫌って出奔《しゅっぽん》したのじゃからなあ」

「あはは。昔のことで。で、どのように相談するので？　その場で聞くのか。それとも、いずれか場所を変えてか」

と、ふたたび忠吾郎は、染谷に視線を向けた。

「それがはっきりしやせんので」

「おめえさんの使っている岡っ引、ほれ、そば屋に化けるのがうまい……」

「玄八《げんぱち》で？」

「そうそう、その玄八だ。やつはなかなかの者だぞ。尾《つ》けさせたりはしていないのか」

「へえ、これらの話は、玄八が聞き込んで来たもので。その坊主が網にかかったと報《しら》せがあれば、玄八がすぐさま駈けつけていたのでやすが、向こうも一箇所に長くとどまることはせず。常に場所を変え、あちこちを転々としているらしく……ただ、うわさを聞き込んだなかに、その坊主らしいのが中野屋敷の方へ向かっていったという話がありやして」

「ほう、中野清茂と言えば、日啓《にっけい》なる怪しげな僧とつながっているとか聞くが」

権勢を縦《ほしいまま》にする御用取次の背後に、日啓という祈禱僧の存在があるのは、有名な話だった。

なぜ中野清茂が、怪しげな祈禱僧と結びついているのか。

理由があった。日啓は巧みな祈禱によって江戸城大奥に多くの信奉者を得ている。それに乗じて、日啓は美代という得体の知れない娘を中野清茂の養女として大奥に入れた。このお美代の方が家斉将軍の寵愛を受けるに至り、清茂と日啓の係り合いはますます強固となり、ともに柳営での権勢を揺るぎないものとしているのだ。

このお美代の方が、

──実は日啓の隠し子
ということは、柳営でも巷間《こうかん》でもささやかれている。

「すると、兄者は日啓が町場で辻説法をしながら拐かしをしていると?」

「いや、辻説法をしているのは日啓ではないようだし、中野清茂どのがやらせているのだとしても、目的が判らん。じゃが、あのお方の屋敷は本所の亀戸村でなあ。川向うで江戸ご府内から離れているから、辻説法の坊主がそちらへ向かっていたというのは怪しい。なにぶん対手《あいて》が僧形ゆえなあ、定町廻《じようまちまわ》りの者を動かせんのじゃ」

僧形の者へ大っぴらに定町廻り同心を動員し、たとえ下男の寺男に対してでも十手の権威を見せつけたりすれば、たちまち寺社奉行から町奉行所に苦情が舞いこみ、物議をかもすことになる。

「だから、人知れず、少人数でのう」

忠之は染谷に助け船を出した。

「わっはっは」

と、そうした武家の事情を、忠吾郎は解している。

「それじゃますますですなあ。わしが兄者の代わりに影走りをしなきゃならんのは。柳営の幕閣さえ押さえこめる九千石の御用御取次に加え、対手が寺社奉行しか関与できねえ墨染《すみぞめ》とあっては、役者がそろいすぎていますぜ。それで、いまの寺社奉行は？」

「丹後宮津《たんごみやづ》藩七万石のお大名、松平伯耆守宗発《まつだいらほうきのかみむねあきら》さま」

染谷が苦々しそうな口調で応えた。配下の同心が、そうした感情を遠慮なくおもてに出すのは、奉行の忠之もそう思っているからにほかならない。

「ふむ。そのお大名、将軍さん側近の中野清茂に、金轡《かなぐつわ》でもかまされているか、弱みを握られているか……」

「まあ、考えられることじゃ。じゃが、証拠もなく、他所《よそ》でそれを口にはすまいぞ」

「ははーっ」

忠吾郎が大仰《おおぎょう》にあぐらのまま両の拳を畳について平伏したのへ、忠之も染谷も苦笑した。忠吾郎は二人をからかったのではない。武家社会をからかったのだ。若いころに屋敷を出奔し渡世人《とせいにん》の道に入った忠吾郎こと忠次にとっては、しがらみの多い武家の暮らしはわずらわしいものでしかなかったのだ。

「それなら、存分に走らせてもらいやしょうかい」

と、話は具体的な策に移った。その脳裡には、仁左と伊佐治の顔が浮かんでいた。

## 五

金杉橋の浜久で忠吾郎が北町奉行の忠之、隠密同心の染谷と鳩首しはじめたころである。

陽はまだ西の空に高く、残暑の陽射しもきつかった。

札ノ辻では、縁台に座って茶で一服つけていた荷運び人足二人を見送ったお沙世が、

「あららららっ」

湯飲みを片づけようとした手をとめ、

「どうしました！」

思わず声を上げ、その手を差しのべた。

汚れた着物は着くずれ、髷もむごいほどに乱れた娘が、街道をよろよろと歩いてきたと思うと、極度の疲労のためかお沙世の横に倒れこんで来たのだ。

「まあまあ、こんなになって」

と、お沙世は介抱するように縁台に座らせた。

忠吾郎がおもてに出ているときなら、すぐさま路地奥の寄子宿に担ぎ込み、女中に介抱させ事情を訊くのだが、あいにく留守のようだ。それでも、

「お爺《じい》ちゃん、お婆ちゃん、ちょっとお願い」

と、茶店の中に声をかけ、相州屋に飛びこんで番頭の正之助を呼び、

「忠吾郎旦那ならきっと」

と、一緒に娘を寄子宿にいざなった。

娘は病《やまい》ではなく、空腹と疲労によって倒れこんだようだった。

しかし、娘はか細い声で礼は述べるものの、名や在所はおろか、江戸に出て来た事情も、江戸府内を東から西へ抜け、東海道の田町くんだりまで来た理由も、首を振るばかりで口を閉ざしてしまった。

「そりゃあ、まあ、人それぞれに事情はあるのでしょうからねえ」

と、お沙世は言い、

「ひとまず落ち着かせ、望みがあればそれから聞いてやろうじゃないか」

と、正之助も寄子宿のひと部屋で娘を休ませることにした。

お沙世が井戸端で顔や足を洗わせると、それは二十歳《はたち》にも満たないほどの、目鼻立ちのけっこう整った娘だった。

その日、夕刻近くというにはまだ早い時分、仁左と伊佐治は相州屋の母屋《おもや》で、忠吾郎とあぐらで向かい合っていた。いつもの、裏庭に面した奥の部屋である。きょう朝っぱらに忠吾郎を訪ねるという染谷に会ったことが、やはり気になり、二人は早めに帰って来たのだ。

忠吾郎も、金杉橋の浜久から帰り、番頭の正之助から若い娘を一人、寄子宿に入れたことは聞いた。しかし、さきに奉公先をさがさねばならない寄子もおり、それらの采配《さいはい》を正之助に任せ、

(さて、大仕事になるかもしれんなあ)

と、仁左と伊佐治の帰りを待っていたのだ。

帰って来た二人をすぐさま呼び、

「あの拐かしの話なあ、どうやら許せぬ背景がありそうだ」

と、切り出したのへ、仁左も伊佐治も新たなうわさは耳にしていなかったが、

「ほう、どのような」

「やはり」

と、あらためて興味を示した。

「それについて、呉服橋の大旦那がなぁ……」

忠吾郎は語った。

伊佐治は呉服橋の大旦那が染どんの親分であり、なぜか奉行所や武家社会の動きに詳しいことは知っている。それ以上のことは、それが敵対する相手でない限り、余計な詮索をしないのが渡世人の仁義であり、不思議に思いながらもそれを守っている。

染谷についている岡っ引の玄八とも、夜鷹殺しのときに一緒に影走りをして面識はある。伊佐治はそれも本物の屋台のそば屋で、自分とおなじような立場の人間と思っている。向こうは屋台のそば屋で、自分は竹馬の古着屋なのだ。なにやら親近感さえ覚える。

「親分！」

と、伊佐治は聞き終えるなり、

「だとしたら、許せやせんぜ。武家が町場で、うら若い娘を拐かさせてるなんざ！」

小づくりな体に怒りをあらわにして言った。

横で仁左は、元凶がまたしても武家らしいことへ、

「探索しやすかい」

と、表情に緊張の色を刷《は》きながらも、落ち着いた口調で言った。

「おめえら、動いてくれるかい。呉服橋の大旦那も、それを期待してわしに話を持って来たのだ」

忠吾郎が言ったとき、

「旦那さま。玄関に火急の用だという方がお見えです」

奥の部屋へ小僧が告げに来た。

染谷だった。遊び人姿である。

「いよう、また来たかい」

と、部屋で最初に言って迎えたのは伊佐治だった。

染谷は部屋に仁左と伊佐治のいたことに一瞬戸惑《とまど》いを見せたが、すぐに、

「ちょうどいいところに来た。そっちになにか進捗《しんちょく》があったかい」

と、忠吾郎が言いながら座れと手で示したのへ、あぐらを組むなり、

「呉服橋の大旦那も、これはすぐ札ノ辻にと申しやしてね」

と、衣装に似合った伝法な口調で話しはじめた。

「それらしい女の死体が、大川に上がりやした。それも土左衛門《どざえもん》じゃなく、明ら

かに刀で斬られた痕《あと》があったとのことで」

言い方から、染谷自身は現場を見ていないようだ。つまり、北町奉行所に入った話である。

おとといのことらしい。大川が江戸湾にそそぎこむ手前の永代橋《えいたいばし》の橋脚に、人の死体がひっかかっていたらしい。引き揚げると、まだ若い女で、背中にひと太刀で斬られた痕があった。溺《おぼ》れたのではなく、明らかに殺しである。死体は永代橋の西たもとにある御船手組《おふなてぐみ》の船番所《ふなばんしょ》に運ばれた。

川での事故や事件は、御船手組の管掌である。陸《おか》の町奉行所は、要請がない限り手出しができない。

御船手組は身許を調べようと、手先の者を両国から浅草《あさくさ》へと、川上一帯に走らせた。

「――永代橋に若い女の斬殺体が上がった」

うわさは一円にながれ、心当たりの者が船番所に走った。最近、娘や女房が行方不明になったという親族たちだ。

船番所の土間で莚《むしろ》をめくり、いずれもが顔をそむけながらも、ホッと安心した表情になって帰って行った。

が、莚をめくるなり、

「――おケイ！　なんで、なんでこんなことにぃ」

と、遺体に取りすがった男が一人いた。

それがきのうのことだという。

女の名はおケイといい、男は浅草田原町《たわらまち》の裏店《うらだな》に住む新助《しんすけ》という大工で、おケイの亭主だという。

死体を引き取ろうにも、夏場のことで腐臭がただよいはじめていた。船番所のすすめで近くの寺に運び、灰にしてから遺骨だけを持ち帰ったという。

「どうも御船手組はそれで一件落着にして、下手人の探索をする気配がないようで」

染谷は言う。

忠之が金杉橋から戻ると、奉行所にその話が入っており、ともかく札ノ辻へと染谷を走らせたのだ。

「刀傷だと分かっていながら、解せねえな。あるいは、どこぞから物言いがついたか、だ」

「へい、それもあり得るかと」

染谷が首肯《しゅこう》した。

御船手組が身許を調べようとしたのは、作法どおりの措置《そち》である。しかし、明らかに殺しだというのにそれ以上の探索を打ち切ったということは、この件を有耶無耶《うやむや》にしたい何者かがいる証左ではないか。

新助に火葬をすすめたのも、遺骨になってしまえば、たとえ刀傷が骨まで達していようと……残らない。腐臭も、火葬をすすめるのにはむしろ好都合だっただろう。

（しかし、新助とやらは、なんの疑念も持たず応じたのだろうか？）

女房が殺されたというのに、無理やり一件落着させられては、新助も気がおさまらないだろう。

金杉橋の浜久で忠之は、怪しいのは将軍家御用取次の中野清茂で、その者の屋敷は、

「――本所向島《むこうじま》の亀戸村」

と、言っていた。

そこには掘割の竪川が流れ、大川につながっていることを、忠吾郎は知っている。それを踏まえてのひらめきだった。

（御船手組の探索を封じたのは、やはり中野清茂……）

なぜか仁左も得心したように、うなずきを見せていた。

忠吾郎は染谷に視線を向けた。

『奉行所に』

という言葉を故意にはずし、

「話が入ったのはそれだけか」

「へえ、さようで」

染谷も自分が奉行所の人間であることをうまくはぐらかし、

「そば屋の玄八を浅草に走らせやした。何かつかんだら、あしたにでもまた知らせに来まさあ」

と、このときの話はそこまでで、忙しそうに席を立った。

これからまた奉行所に戻るのだろう。まだ陽は沈んでいない。

染谷の背を見送りながら、

（すぐに玄八を浅草に走らせたのはさすがだぜ）

忠吾郎は思ったものである。

ふたたび三人となった部屋で、

「なあ、仁左どん。俺たちもあした、浅草の田原町とやらをながしてみねえか。俺はまだ、浅草の観音《かんのん》さまにもお参りしたことがねえんだ」

「浅草のほうは、呉服橋の大旦那たちに任せておけ。お参りは、こんなことのついでじゃなく行くがいいさ」

伊佐治が言ったのへ、忠吾郎はたしなめるように返した。

「ま、俺たちゃ、別の土地でまたうわさ集めをしようぜ」

「そういうことにするかい」

と、仁左が忠吾郎の言葉を後押しするように言い、伊佐治もそれに応じ、

「さっそく、あしたから」

と、いうことになった。

どこをまわる。

三人は話し合った。

「まず足元からだ」

言ったのは忠吾郎だった。地元の田町近辺をかため、これまで気にとめていなかったことも、耳を澄ませば聞こえて来るかもしれないというのだ。辻説法と拐かしのうわさである。

翌朝、仁左と伊佐治は、おクマ、おトラと一緒に寄子宿を出た。おなじ方向である。品川に向かう高輪の大木戸あたりから三田の寺町の一帯はおクマとおトラの縄張である。二人は街道から枝道に入り、坂を上って寺町に入り、仁左と伊佐治は、そのまま大木戸付近まで街道をながすことにした。おクマとおトラが拐かしのうわさを拾ったのはこのあたりである。

「さあて」

と、人や荷の行き交うなかで、仁左は背の道具箱にカシャリと音を立てた。

羅宇屋は高さ三尺（およそ一米《メートル》）ほどの、縦長の道具箱を背にしている。箱には抽斗《ひきだし》がいくつもついており、紙縒《こより》やぼろ布、細竹の管《くだ》などが入っている。上《うわ》蓋《ぶた》には孔《あな》がいっぱいあって、そこに煙管や羅宇竹を差しこんでおり、それらが歩に合わせカシャカシャと音を立てる。

その音に合わせ、

「キセールそうじ、いたーしやしょう」

と、町々をながすのである。声がかかればその家の裏庭に入り、縁側に煙管の雁首《がんくび》や羅宇竹をならべ、家の主人や番頭と世間話などをしながら、脂取りとももに煙管の新調などの商いに入る。その世間話が大事なのだ。

「それじゃあ俺はこのあたりで」

と、伊佐治はほこりっぽい街道からちょいと脇道にそれ、長屋などの多い角に古着の竹馬を据え、商いに入る。近くのおかみさんなどが集まって来て、そこが井戸端会議ならず竹馬談義の場となる。そこに町内のさまざまなうわさが飛び交う。

この日、陽がかたむきかけても、二人とも拐かしについては話題には出たが、どこの誰がといった当たりはなく、辻説法の話も聞かなかった。怪しげな僧は、どうやら田町や高輪、品川界隈で辻立《つじだ》ちはしていないようだ。

だが、辻説法と関連があるのかどうか、みょうな話を聞いた。

竹馬談義のなかだった。

「ねえちょいと、聞いた？　品川に、天女《てんにょ》さまが舞い降りたって」

「あっ。それ、聞いた。でもねえ、海辺の空から羽衣《はごろも》がふわふわなんて」

「誰かの下帯《したおび》が風に吹かれて、ふわふわ舞ってたんじゃないの。あははは」

と、そこまででおかみさん連中は笑いころげてすぐ別の話題に入った。

荷運び屋の裏庭の縁側でも、

「品川から来た炭屋が言ってたが、天女が空から降りたって？　そりゃあ天狗《てんぐ》じゃねえのかって笑ってやったよ」

と、単なるよもやま話として口の端《は》にのぼっただけで、ここでも話題はすぐ羅宇竹の紋様に移った。

幽霊《ゆうれい》が出たというのならありきたりだが、天女は珍しい。

すこし早めだったが、寄子宿への帰りに、なにげなく仁左が、

「きょう、みょうな話を聞いたぜ」

「ほっ。ひょっとすると、天女の？」

「えっ。伊佐どんも聞いたのか？」

と、二人はおなじ話を聞いていたことに、いささかの興味を覚えた。

幽霊が誰かを呪《のろ》い殺したり、天狗が人を攫《さら》ったというのなら、二人ともその場だけで笑ってすませただろう。だが、珍しい天女の話を、辻説法と拐かしの話を拾いに出かけた先で、二人が同時に聞いた。

(辻説法の僧侶とは、天女のような美形の尼《あま》さん？)

こじつけ、首をかしげた。

話はそこまでだった。単に天女が出たらしいというだけで、それ以上のものを

二人とも聞いていないのだ。

六

仁左と伊佐治が札ノ辻に戻ったとき、

「あら、お二人とも早かったですのね。おクマさんとおトラさんは？　朝は一緒に出たのに」

と、お沙世が縁台のあいだから盆を小脇に出て来た。おクマとおトラはまだ帰っていないようだ。

「ああ、婆さんたちとは街道で別れたよ」

「寺町のほうへ行ったようだ」

二人は返し、寄子宿への路地へ急ぐように入った。二人はこれから、相州屋の裏庭から奥の部屋に上がり、忠吾郎にきょう一日の報告をしなければならない。これといった成果はなかったから、

「天女の話でもするかい」

と、話しながら帰って来たのだ。

そのすぐあとだった。

陽はまだ沈んでいないが、街道を行く人の影がことさらに長くなっている。

夕刻近くに茶店の縁台に座る客もいない。

そろそろ縁台をかたづけようとしたお沙世が、

「ん？」

と、かがめた腰を伸ばし、街道へ目をやった。

おクマとおトラが興奮しているのか、あたふたと帰って来る。

姉《あね》さんかぶりの手拭《てぬぐい》は乱れ、ひたいに汗を噴《ふ》いている。

お沙世は街道へ出て待ち構え、

「どうしたんですか。お二人とも」

二人の身を支えようとすると、

「ちょいと、お沙世ちゃん、聞いた？　天女さまの、天女さまのご降臨さ！」

「品川の御殿山《ごてんやま》だって！」

言いながらおクマとおトラは、茶店の縁台にくずれこんだ。すこしでも早く、忠吾郎旦那やお沙世、寄子宿の面々に話したかったようだ。

「ええっ。天女さまって、いったいなんなんですか」

返したお沙世に、おクマとおトラはさらに、

「うそじゃないんだ、見た人もいるんだよう。天女さまが地上に舞い降りて、悩みをきいてくれるって」

「仁《じん》さんと伊佐さん、帰ってる?」

おクマとおトラが一番告げたいのは、この二人のようだ。

相州屋の帳場でおもての声に気づいた正之助が、

「その二人なら、いま奥の部屋に上がっているよ。呼んで来てやろうか」

と、出て来て、おクマとおトラの興奮ぶりに、急いで商舗のほうへ引き返した。

すぐに、

「どうしたい、おクマさんとおトラさん。いま帰《けえ》りのようだが」

「ずいぶん慌ててるじゃねえか。拐かしか辻説法の話、なにか聞き込んだかい」

と、さっき入ったばかりの路地から仁左と伊佐治が出て来た。

「あ、仁さん、伊佐さん。よかったよう、帰ってて」

「天女なんだよ、天女。一緒に行っておくれよ。あした、あしたはあるってさ。品川から来た人が言ってたのさ」

おクマとおトラは口をそろえた。

「なんだって！」

「いま、天女と言ったなあ！」

仁左と伊佐治は反応し、夕刻を迎えて慌ただしくなりかけている街道に驚きの声を響かせた。婆さん二人の勢いにも気圧《けお》されたか、

「ここじゃなんだ。ひとまず裏へ帰ってからだ」

「旦那もいなさるぜ」

仁左が返し、伊佐治がつづけた。

おクマとおトラは、

「そう、旦那さまにも知らせなくっちゃ」

「ほんとうに天女さまなんだから」

拐かしの件など、もう忘れたかのように〝天女〟をくり返し、仁左と伊佐治に抱きかかえられるように寄子宿のある路地へ入った。

「おもしろそう」

と、お沙世もつづいた。

舞台は寄子宿の長屋より、母屋の裏庭に面した縁側に移った。きのう、染谷が

来ていた部屋の縁側である。

忠吾郎がそこにあぐらを組み、おクマとおトラが腰かけ、それを囲むように仁左と伊佐治、それにお沙世が立っている。

二人の婆さんが交互に話しはじめた。仁左と伊佐治はまだ天女の件は話していなかった。おクマとおトラは、さらに詳しく聞き込んでいるようだ。

きのうの夜、品川の御殿山で、天女の降臨があったというのだ。それをきょう、田町九丁目の高輪の大木戸に近い茶店で聞いたという。田町の一番南で、このあたりにもおクマとおトラの得意先は多い。

寺町からの帰りに立ち寄り、それで遅くなったようだ。

「ご降臨は今夜もあって、それがいつまでかわからないのさ」

「えっ。だったらきょうも天女さまがご降臨なされて、あしたはあるかどうかわからないってこと？」

おクマが言ったのへ、お沙世が一歩踏み出した。

「そうなんだよう。それも陽が落ちてからっていうから、ねえ、だからあした、一緒に行っておくれよ。あるかどうかわからないけど、あれば一生の見物《みもの》さ」

おトラが応え、仁左と伊佐治に視線を向けた。二人はこれを言いたかったようだ。陽が落ちてから品川まで行くのでは、帰りは深夜になってしまう。提灯《ちょうちん》をかざしても、婆さん二人で歩くには距離もあるし、何かと物騒だ。

　意を解した仁左が、

「おいおい、お二人さんよ。俺たちはいま、おめえらもそうだ。拐かしの話を追ってんじゃやねえのかい」

　言ったのへ、風貌も目つきも達磨のように座っていた忠吾郎が口を開いた。

「仁左どんに伊佐治よ、つき合ってみねえ。おもしろそうじゃねえか。もし当たりでなくっても、近くに行きゃあ直接見た人の話ぐれえは聞けるかもしれねえぜ」

「ええ、旦那！」

　と、仁左は逆問いを入れるように声を上げた。だがすぐに、大きな忠吾郎の目を見て、その心中を覚《さと》った。

　忠吾郎には、おクマとおトラの突拍子もない話に、

（墨染《すみぞめ》の辻説法のあとに若い娘が消え、大川に若い女の斬殺体が上がった。そして今度は天女が悩みをきくときた。なにやら繋《つな》がっていそうな）

　そう思えてきたのだ。

「これで決まり。仁さんと伊佐さん。あした一緒に、ね」

「うん。まあ」

おトラがまた言ったのへ仁左は返し、伊佐治もすっかりその気になっている。

お沙世も、

「わあ、あたしも見たい、天女さまのご降臨。あしたほんとうにありますように」

と、にわかにはしゃぎはじめ、祈るように手を合わせた。

縁側にあぐらを組んだまま、忠吾郎が言った。

「おいおい、お沙世ちゃん。天女の話もいいが、おトラ婆さんとおクマ婆さんに伝えておくことがあるんじゃねえのかい」

「あ、そうだった。おクマさんとおトラさん。まだお長屋に帰っていなかったのねえ」

お沙世はおクマとおトラに言った。

「きのう、お店の前で行き倒れがあって、それを正之助さんが寄子にしなさって。口もきけない状態だったけど、長屋のほうで休んでだいぶよくなったみたい」

「行き倒れ！」

「どんな」

と、おクマとおトラはそろって長屋のほうへ目を向けた。新たに寄子が入ったとき、この二人の役割は大きい。こまごまと日常の面倒をみて、それから正之助がゆっくりと当人の希望などを訊き、奉公先をさがすのが、相州屋の通例になっているのだ。

「じゃあ仁さん、伊佐さん、約束したよ」

「きっとだよ」

二人は念を押すと腰を上げ、

「仁左さんと伊佐治さんはいいんですか。行き倒れは若い娘さんで、それもかわいらしい……」

「ほっ。そうかい」

「じゃあ、俺たちもちょいと」

お沙世が言ったのへ、仁左と伊佐治も、婆さん二人につづいた。

「おめえら、みょうな気など起こすんじゃねえぞ」

その背に、忠吾郎が笑いながら声を投げた。

# 七

もうすっかり陽が落ちていた。

蠟燭の流れ買いをしていても、寄子宿では油皿に灯芯《とうしん》一本の灯《あか》りである。寄子宿は五部屋のつながった長屋形式になっており、寄子の全員がそうだった。蠟燭など、町場ではぜいたく品なのだ。

娘にあてられた部屋に、おクマとおトラが顔をそろえていた。仁左と伊佐治は娘を気遣い、戸口で挨拶《あいさつ》だけをしてそれぞれの部屋へ帰っていった。

行き倒れ同然だった娘も、二人の婆さんに対しては、初めて警戒心を持たずに話ができるようだった。

おクマは訊いた。昼間、忠吾郎や正之助が訊いたのだが、やはり口をつぐんだままだったのだ。お沙世が部屋をのぞいたときもそうだった。

「一人で江戸まで来たんだろ、大変だったねえ。歳はいくつなんだい?」

「……十八」

おトラも訊いた。

「名は？」

「……紀美《きみ》」

「そお、お紀美ちゃんていうの。で、在所はどこなの？」

「親御さんは？」

「………」

お紀美はなぜかその段になると、口をつぐんだ。郷里《くに》を出た事情など、訊く段階にも至らなかった。身の上は、一切語ろうとしないのだ。ただ、国なまりから東国者のように思えた。東海道沿いの場所柄、寄子宿に入るのは西国者が多く、東国者は珍しい。

おクマとおトラは顔を見合わせた。

東国者というより、誰にも他人《ひと》に言えないことはある。年の功から、おクマもおトラもそれは心得ている。お紀美の口が閉ざされているのは、無口な性質《たち》だからというだけではなさそうだった。

婆さん二人は、灯芯一本の灯りのなかに、うなずきを交わした。

(気分が落ち着けば、きっと話してくれるさ)

二棟ある寄子宿で、灯りのある部屋はなくなった。

一夜が明けた。日の出とともに街道は動きはじめる。

朝からおクマとおトラは落ち着きがなかった。

お紀美のことではない。

きょうは仁左と伊佐治に付き添ってもらい、天女を見に行く。だが他人《ひと》から聞いただけで、あるいは見られないかもしれないとあっては、

「どうだろう、どうだろう」

「大丈夫だろうか」

と、心配が先に立ってしまう。

「ま、行けばわかるさ」

「そういうこと」

と、仁左と伊佐治は言うが、やはり期待は隠していない。

出商いの者が仕事に出るのは、朝五ツ（およそ午前八時）ごろである。きょうはそれよりもかなり早く、四人そろって街道に出た。

向かいの茶店の縁台にはすでに荷馬人足が二人、手綱《たづな》を持ったままお茶をすすっていた。朝早くに遠くから来て、ひと休みしているのだろう。

前掛を締めたお沙世が、湯飲みを出した空の盆を小脇に、

「きょうはお天道《てんとう》さまの動き、ちゃんと見ていてくださいねえ」

仁左と伊佐治に声をかけた。仕事を切り上げる時間を忘れるな、と言っているのだ。

おクマとおトラは、朝から高輪大木戸のある田町一丁目のほうをまわり、仁左と伊佐治はきのう大木戸方面に成果のなかったことから、きょうは逆方向の赤羽橋のほうをまわることになっている。

時刻が来れば、寄子宿に一度戻ってお沙世に声をかけ、おクマとおトラの待っている高輪大木戸へ一緒に行くことになっているのだ。

その時分になった。陽はまだ西の空に高い。

お沙世は街道に出た。カシャカシャと鳴る仁左の道具箱の音が聞こえ、伊佐治の竹馬も見えると、

「お爺ちゃん、お婆ちゃん、ごめん。あとをお願い」

と、祖父の久蔵《ひさぞう》と祖母のおウメに声をかけ、前掛をはずし遠出の用意にかかった。

羅宇竹の音が竹馬とともに路地へ入り、ふたたび出て来たときには、二人とも

商売道具を部屋に置き、提灯をふところに、仁左は職人姿のままで伊佐治は商いのときの着物を尻端折《しりっぱしょり》にしていた。

番頭の正之助は小僧を一人連れ、寄子の奉公先まわりに出ている。

「わしも行きたいが、帳場を離れられんでのう」

と、忠吾郎がおもてまで出て三人を見送り、茶店から久蔵も顔を出し、

「沙世、おまえの物見高いのにも困ったもんじゃが。仁左どん、伊佐どん、よろしゅうな」

声をかけた。

忠吾郎はもう、仁左と伊佐治に目配せをするまでもなかった。二人とも、今宵《こよい》探るべきものはなにか、心得ているのだ。

——もし天女降臨があれば、そのからくりである。

その忠吾郎の背後から、

「あのぅ」

遠慮気味に声をかけたのは、お紀美だった。路地を一歩入ったところに立ったままで、街道に出ようとはしない。

「どうした、お紀美。元気が出たらどうだ、落ち着き先が決まるまで、ほれ、そこの茶店でも手伝うか」

「い、いえ」

忠吾郎が言ったのへ、お紀美はなぜか恐れるように路地へ一歩さがり、

「けさからお長屋の皆さん、御殿山とか天女とか申されていましたが、なんなのでしょうか」

「ああ、おまえも興味があれば、一緒に行けばよかったなあ。外出すると、気晴らしにもなるのだが」

「い、いえ。あたしは」

と、お紀美はなにに反応したのか、さらに一、二歩、身を引いた。

(ん？　なにか秘めたものを抱えているような……)

思いながら忠吾郎は、

「しばらくは、遠慮のうゆっくりしておればいいさ」

声をかけ、暖簾の中に戻った。忠吾郎もまだ、お紀美の在所も身の上も聞いていないのだ。

# 二　あやかしの声

一

陽が西の空に大きくかたむきかけたころ、ようやく高輪の大木戸がすぐ目の前になった。

「おクマさんとおトラさん、大丈夫かしら」

お沙世が両脇にならぶ葦簀《よしずば》張りの茶店に目を配ると、

「こっち、こっち」

おクマとおトラが大木戸の手前の茶店から手を振った。

大木戸には街道の両脇に石垣が組まれ、陣屋もあれば高札場《こうさつば》もあり、ちょっとした広場のようになっている。往来人に町駕籠、荷馬や大八車もひっきりなしに通り、いちいち手形改めや人相改めなどをしているわけではない。大木戸はかたちだけで、往来勝手になっているのだ。

ただ、ここが江戸府内と府外の境になり、旅に出る者の見送りはここまでとの目印になっている。

大木戸の石垣を抜ければ、片側が江戸湾の袖ケ浦の海浜となり、出た人はいきなり潮騒《しおさい》とともに潮風に身を包まれ、江戸を出たことを実感し、逆に入った人はようやく江戸に着いたとの思いに浸《ひた》る。

そうした人々のために、大木戸の内側にはひと息入れる茶店が立ちならんでいる。そのなかの一軒の縁台に、おクマとおトラは座っていた。

これが花見の季節なら、大木戸は府内から御殿山までの途中で、行きも帰りもひと息入れる行楽客でにぎわうが、普段でも人は少なくない。

仁左たち三人に声をかけるとおクマとおトラは、

「さあ、行きましょう」

と、待っていたように腰を上げ、仁左たちに休憩もさせず先に立った。もう還暦の六十に近いというのに、毎日出歩いているせいか足は達者で腰も曲がってはいない。日々の動作にも年寄りじみたところはなく、二人とも見かけ以上に元気な婆さんだ。

元気なのには、もう一つ理由があった。

天女の降臨が今宵もあるとの話を、品川から来た炭屋の荷馬人足が大木戸の茶店にもたらしていたのだ。天女が舞い降りる日には、どこからともなく町にうわさがながれるそうな。

それがきょうもあったと荷馬人足が大木戸の茶店で話し、おクマとおトラにも伝わったのだ。

仁左も伊佐治も、それを聞いてホッとしたものだ。

茶店では茶汲《ちゃく》み女と一緒に亭主まで出て来て、

「じゃあ、おクマさん、おトラさん。しっかり見て来て、あとで話しておくれ」

などと言っていた。この茶店も二人の得意先のようだ。

大木戸から品川まで十七、八丁（およそ二粁《キロ》）はある。

「どんなだろうねえ」

「降りて来たら、羽衣にちょいと触れてみたいよ」

「あたし、着てみたい」

などとおクマもおトラもお沙世と話しながら、まるで若者の花見のような足取りになっていた。

仁左と伊佐治は苦笑しながら、三人のうしろについている。おクマとおトラの商売道具は、かき集めた蠟と売れ残った付木の小さな風呂敷包みだけで、それも仁左と伊佐治が持ち、おクマとおトラの手にあるのはお沙世とおなじ折りたたんだ提灯と杖《つえ》だけである。

それでも、やはり潮風に吹かれながらの十七、八丁は、おクマとおトラにはこたえる。

「なあ、おぶってやろうか」

「大丈夫だよう」

と、仁左がうしろから声をかけたのへおクマがふり返ったのは、もう御殿山の近くだった。

日の入りが近い。

街道は府内とおなじで、明るいうちにと家路を急ぐ人々で慌ただしい動きを見せている。だが、いつもとようすが違う。まだ火を入れていない提灯を手にした男や女が目立ち、おなじ方向を目指している。

御殿山である。

近辺では、

——きょうも舞い降りられるぞ
と、話はかなり広まっているようだ。あすはわからないのだ。

それらのながれに乗り、街道を離れて急な坂道に入ると、さすがに二人の婆さんは仁左と伊佐治に背を支えるように押され、

「早く、早く」

などと足をもつれさせていた。

お沙世が、

「さあさあ、大丈夫？」

と、太めのおクマの杖を引っぱっている。

着いた。

日の入りに間に合った。

「あっ。あそこ、あそこ」

と、場所はすぐにわかった。

「ええっ、どこ、どこだい？」お沙世の声におクマとおトラは、急に元気を取り戻したようだ。

平らになった一角に、人だかりができている。

近づくと、桜の木を柱に縄が四畳半か六畳ほどの広さでほぼ正方形に張られ、そこに紅白の幔幕《まんまく》がたくし上げた状態にかけられている。

まわりには三重、四重に人だかりができ、中が見えにくい。

「はい、ご免なさんして。はい、ご免なさいね」

と、痩《や》せ型《がた》のおトラと小柄の伊佐治が人と人のあいだへすべりこむように分け入り、そのうしろにおクマとお沙世、仁左がつづいた。なんとか前のほうに出られたが、一番前の人々は芝居でも見るように座りこんでいて、そこから前には出られなかった。おクマとおトラも疲れていたか座りこみ、仁左たちはそのうしろに腰を据えた。これで中が間近に見える。

「まあ。あの人ね。天女を呼び寄せるのは」

お沙世が興奮気味に声を上げた。

「ふむ」

仁左と伊佐治は凝視し、おクマとおトラはありがたそうに手を合わせた。

小さな結界《けっかい》のように区切られた中に赤い毛氈《もうせん》が敷かれ、そこへ垂《た》らし髪の巫女《みこ》姿の女が一人、紙片を稲妻形《いなずまがた》に切って細竹に吊るした紙垂《しで》を手にし、身じろぎもせず端座《たんざ》している。まだ若いようだ。

それに脇差を帯びた、烏帽子《えぼし》に直垂姿《ひたたれすがた》の古風な侍《さむらい》が一人、結界を護るように立っている。

「そこのお人、それ以上前に出られませぬように」

と、前に膝《ひざ》を進めようとした見物人に丁寧な口調で語りかけ、さらに文箱《ふばこ》を両手で持ち、

「われら奈良の春日大社《かすがたいしゃ》より下向《げこう》し、道々に天女を呼び寄せ、衆生《しゅじょう》の願いや悩みを聞き、開運の道を示唆《しさ》しおるところにござる。これなるお方は天女と心を通わせられるお人なれば、さあ、願いやお悩みのあるお方は」

と、口上を述べている。

「失せ物、尋ね人の類《たぐい》でもよろしいですぞ」

とまで言ったところは、いささか俗っぽくも感じられる。

だが、そこに、

「ふむ」

と、仁左も伊佐治も、感じるものがあった。

見物衆は聞き入っており、口上はもう幾度目か、さらにつづいた。

「日の入りまであとわずか。願いのあるお方は、これなる短冊《たんざく》にお書きなされ。墨も筆も用意してござる。近ごろ人攫《ひとさら》いにお子を連れ去られたお人など、おられませぬか」

見物衆が首を伸ばして文箱をのぞき込む。なにやら文字が書かれた短冊がすでに十数枚、入っている。そこには小判こそなかったが一分金や二朱金、一朱金などが無造作に散らばっている。

「喜捨《きしゃ》はいかほどすればよろしいのか」

訊《き》く者がいた。恰幅《かっぷく》のいい商家のあるじ風だった。手代や小僧のお供を連れている。

「ご喜捨であれば価《あたい》などありませぬ。お気持ちだけでよろしゅうござる」

言われた商家のあるじは一分金を一枚文箱に入れ、そこから短冊と筆をとり、なにやら書きはじめた。

近くにいた、これも女中と小僧を連れた商家のご新造《しんぞ》風が、

「わたくしも一枚」

近寄ろうとしたが直垂の侍は、

「あっ、申しわけござらぬ。日の入りなれば、もう間に合いませぬ。さあ、さっ

きのお人、早《はよ》う」

「そんなあ。せっかく娘の良縁を祈願しようとしましたのに」

ご新造は断られて残念がり、直垂の侍は西の空を仰いで商家のあるじ風をせかした。刻限となれば、妥協しないのも権威の証《あかし》である。実際、陽は西のかなたに沈もうとしている。

「おおおう」

周囲は期待の声を上げた。おクマとおトラ、お沙世は固唾《かたず》を呑み、仁左と伊佐治も、さすがに緊張を覚えた。

つぎの瞬間だった。

直垂の侍が文箱を巫女の前にうやうやしく置くなり、縄にたくし上げていた紅白の幔幕を下ろしはじめた。

見物衆は不満にどよめいた。

おクマとおトラも、

「あぁぁぁぁ」

声を上げ、周囲からも、

「それじゃ見えんではないか!」

「見せないのですか⁉」

声が飛んだ。

「見えなくともわかりまするぞ」

直垂の侍は返し、幕はすべて下ろされ、結界の中はまったく見えなくなった。

当然ながら見物衆は幔幕の近くに詰め寄ろうとし、仁左も伊佐治もひと膝まえににじり出て、おクマとおトラのすぐ横に陣取った。

「さあ、皆みなさま！」

直垂の侍の声である。

「天女さまがいま、これに座《おわ》す巫女さまのもとに、降臨なされまする。俗世《ぞくぜ》の目に触れると天女はたちまち霧消《むしょう》し、二度と降臨できなくなりまする」

「無理やり見た者はどうなる」

不満の声が飛ぶ。

予期していたように、直垂の侍はすかさず返した。

「わかりませぬ。これまでさような不心得者は、おりませせなんだゆえ」

「えぇえ！」

目がつぶれるだの死ぬるだのと言われるより、この一言は効《き》いた。見物衆は畏《おそ》れにも似た声を洩《も》らし、中をのぞきこもうとしていた者は思わずあとずさりし、仁左も伊佐治も、浮かしかけた腰を引いた。

禁を破る勇気のある者はいない。

「それでよい。それがしも見たことはないゆえ」

直垂の侍は言い、

「お静かに!」

陽が沈んだ。

花見のできる行楽の地とはいえ山中である。急激に薄暗くなりはじめる。

人々は金縛りにでも遭ったように息を殺し、幔幕を見つめた。

紙垂が風を切る音に、かすかに巫女の祝詞《のりと》か経文《きようもん》を誦《じゆ》するようなうなり声が重なっている。

ひと呼吸、ふた呼吸……。

風に軽く樹々のざわめくなか、紙垂を振る音がひときわ激しく聞こえた。

二度、三度……。

なにやら、幔幕の中に気配が感じられた。

周囲は薄暗くなっているものの、まだ闇ではない。

やがて、惜《しか》と聞こえた。
——またも呼びやるか
老いた女の声だ。
——あらあら、今宵は三保《みほ》さま、お一人でございますか
と、若い声は巫女自身のようだ。
見物衆は固唾を呑んだ。
——いいえ、一緒ですよ。今宵は珍しい人を
——どなたでございましょう
——会えばわかります
二人は交わしている。明らかに老いた女と若い女の声だ。
さらにまた、
——あらら、久しゅう会いませなんだなあ
——まあ、これは舞《まい》さま
若く、質の異なる女の声が聞こえ、受けた声は巫女のようだ。
——さきほどからゆるりと袖ケ浦の空を舞っておりましたが、富士山《ふじさん》も見え、三保の松原《まつばら》とよう似ておるなあ

――これこれ、そちらへ行ってはなりませぬぞ。そなたは三保の松原で俗世の者に姿を見られ、天帝からきつく叱られたばかりではないか

――ああ、ここはお山のなかで、松原と違《ちご》うて珍しいものですから

――ところで、きょうもわらわを呼んだは、きのうおとといとおなじことかえ

――はい。地上界には体の病や、人と人との係り合いなどなど、はては娘が人攫いに遭ったとか、なにかと悩みや揉《も》め事が多うございます。今宵もその一端をご照覧《しょうらん》あれ

――おお、よいよい。そなたの願いじゃ。さあ、舞も

――あい。かような取次をするとは、まったくそなたらしい

巫女と舞との、どちらも若いが質の異なる声だ。

声がやみ、短冊をつぎつぎと手にする音がしばしつづいた。

いつしかあたりは暗闇となっている。

年経《としふ》った〝三保〟の声が聞こえた。

――短冊を書かれたお人らよ、相分かりましたぞえ。病に悩む人はいま以上に養生されよ。心に痛みのある人は、いま一度お気を鎮《しず》めなされ。他人《ひと》とのあいだに迷う人は、一歩下がりておのれを見つめなされ。皆みなのお方ら、見えずとも

天よりわれらの加護のあることに安堵《あんど》召されよ
「おーっ」

随所から感嘆の声が上がった。天女から語りかけられたのだ。

「うーむ」

仁左と伊佐治もうなった。人攫いの悩みが出てこない。品川では、拐かしは発生していないようだ。

お沙世は黙したまま身を硬直させ、おトラとおクマは我を忘れている。

「おー、いまのは……」

「確かに舞い降りられたぞ」

「慥と在《おわ》しましたなあ」

衆生の興味はそのほうにあるようだ。暗闇のなかに声が洩れ、直垂の侍が幔幕に向かい、

「そろそろ、よろしゅうござろうか」

数呼吸の沈黙ののち、

「さよう、もうお帰りじゃ」

さきほどの巫女の声が聞こえた。

「しからば」

と直垂の侍は小さな陶器の入れ物に火種を入れていたか、提灯に火を取り、一方の幔幕をたくし上げた。

ふたたび、

「おーっ」

見物衆から声が上がった。その声のなかに、仁左も伊佐治もいた。毛氈の上に、さきほどの巫女が疲れたように足をくずしているのが、ほのかな灯りのなかに浮かび上がったのだ。

その姿を見て、

「いままで、天女さまがそこにいらしたのね」

「もちろんじゃ。声が聞こえたでなあ」

「ありがたい、ありがたい」

見物衆から、金縛りが解かれたように声が洩れた。

「それでは皆みなさま」

直垂の侍が近くの数人に提灯の火をつなぎ、それらがつぎつぎとまわり、周辺は明るくなり、提灯の火はつぎつぎと御殿山を降りはじめた。いずれもが恍惚《こうこつ》としている。

「おっとっと」

「あれれれっ」

と、聞こえるのは、提灯で照らしても昼間とは勝手が違い、あちこちで足を滑らせているのだろう。

札ノ辻の一行も提灯を持ってお沙世が先頭に立ち、仁左と伊佐治がおクマとおトラを脇から支えるようにゆっくりと降りた。

街道に出てからも、点々と提灯の灯りが揺れている。この時刻に、普段では見られない光景だ。

潮騒を聞きながら田町の町並みに入ると、さすがに提灯の灯りは五人だけとなった。両脇の家並みの輪郭が、闇に黒く浮かんでつづいている。

そのなかに歩を拾い、

「ほんとうだったんだ」

「そう。見たよ、確かに。どうせなら願い事をするんだったよ」

おクマとおトラが感無量といったようすでぽつりとつぶやき、あとは疲れもあってか黙々と歩いた。二人とも耳で聞いたのを、頭の中では目で見たことに、知らず置き換えている。

仁左と伊佐治も無口だった。おクマたちとは別のことを考えていた。しかし、二人はおなじではなかった。

(どういうからくりだ。日の入りから始めれば、すぐに暗くなる。思わずのぞく者がいても、声だけで姿は見えない。そこがミソのようだが……しかし……あの三人の声……夜陰にそっと幔幕に入る女がいたのか……いや、周囲すべてに見物衆がいたはず……地面に、穴を掘って、もぐっていた?)

と、仁左がめぐらせているのに対し、伊佐治は、

(まさか、ほんとうに天女が降臨した? 三保に舞……それらしい名だが)

と、周囲の雰囲気にかなり呑まれていた。

「もうそろそろ、四丁目のようですねえ」

お沙世が言ったとき、五人の足は札ノ辻を踏んでいた。

## 二

向かいの茶店では、祖父母の久蔵とおウメが起きて待っていた。

雨戸を開け、

「ありがとうございやした。世話になって」

久蔵が仁左たちに礼を言う。さすがに夜道にはお沙世も疲れたようだ。おウメに抱えられるように屋内に消えた。

おクマとおトラは長屋に戻ると、それぞれ取《と》っ付《つ》きの部屋に崩れこみ、

「おう、危ねえ」

と、仁左と伊佐治が慌てて提灯の火の始末をした。

相州屋の母屋で、忠吾郎も起きて待っていた。裏庭の雨戸を開けている。

仁左と伊佐治は、

「ただいま戻りやした」

低い声を裏庭から入れ、部屋に上がった。雨戸が開いているので、部屋に灯りのあるのが庭からも見える。

「親分、じゃねえ、お頭、わからねえ。女三人の声は確かに聞いたのでやすが」

行灯《あんどん》の灯りのなかに、伊佐治が話しはじめたときだった。

「あのう、もうし。紀美でございます」

閉めきった障子《しょうじ》の向こう、縁側の外から聞こえた。障子をとおし、裏庭に提

灯の灯りがあるのも感じられる。

「どうした、お紀美か」

「あい。仁左さんと伊佐治さんが、こちらへお戻りと存じますが」

「おう、来ているぞ。おまえも話が聞きたいのか。上がれ」

「あい」

声とともに提灯の灯りが動き、障子が開けられた。

「おっ」

仁左と伊佐治が同時だった。部屋の行灯と当人の持つ提灯の灯りだけのせいではなかろうが、髪も結いなおし着物も小ざっぱりし、顔立ちも思いも寄らない美形に見えたのだ。

お紀美は提灯の火を吹き消し、あぐらを組んでいる忠吾郎と伊佐治の横に、端座の姿勢をとった。

「さあ、仁左どんに伊佐治、天女の降臨はどうだったい」

忠吾郎の問いに、仁左と伊佐治は話しはじめた。

「幔幕の中にいたのは巫女一人だったというのに、巫女を含め、三人の女の声がしやして……」

「へえ、姿は見えなかったが、確かに三人分の声を聞きやした」

と、表現を微妙に違《たが》えながらも、語る事象は一致している。

「ふむ。ともかく、暗闇のなかに三人の声がしたのだな」

「さようで。聞こえ始めたのはまだ明るさの残っているうちでやしたから、人目につかずに外から人間が幔幕の中に入《へえ》ることはできやせん。考えられるのは、毛氈の下に穴があって、そこに隠れていたか。あとは暗闇でやしたから、見物衆が帰《けえ》ってから山を下りれば人目につくことはありやせん。しかしそれなら、途中で幔幕をめくり、天女を扮《こしら》えた女たちを提灯の灯りでひと目見せればいいものを。終始、姿を見せることはありやせんでした。それもお付きの古風ないで立ちの侍が、中を見てはならないような口上を最初に述べやして」

と、仁左が自信のない予測を口にすれば伊佐治は、

「ほんとうに見ちゃあならねえ。それが天女なのかもしれねえ」

などと言う。

おクマとおトラ、それにお沙世もそれを信じ、帰って来たのだ。

「まあ、俺の見立てを言やあ、お沙世ちゃんたちの夢を壊《こわ》すみてえで、帰り道にはなにも言わなかったのでやすがね」

「その巫女さん、どのような人でしたか。それに直垂のお侍さまは?」

仁左の言葉につないだのは、これまで黙し畏《かしこ》まっていたお紀美だった。

「えっ」

と、忠吾郎も仁左も伊佐治も、お紀美に視線を向けた。

お紀美は応《こた》えを求めるように、仁左と伊佐治を交互に見つめた。

「そりゃあ、きれいな巫女さんだった。まだ若い、そうさなあ、おめえとおなじくれえか」

「直垂の侍も、若い感じだったなあ」

「天女二人は見ていねえが」

二人が交互に話したのへ、お紀美はさらに、

「その人たち、奈良の春日大社から来たというのは本当ですか」

「ほんとかどうかは知らねえ。直垂がそう言っていただけだ。それがどうかしたかい」

「…………」

仁左が逆に問い返したのへお紀美は、
視線を畳に向け、考えこむような姿勢になった。

さっきからお紀美を注視していた忠吾郎が口を開いた。

「おめえ、なにか心あたりがあるようだなあ。言ってみねえ。この顔ぶれに、遠慮はいらねえぜ」

お紀美は意を決したようにうなずき、顔を上げた。

語った。これまでのひかえめさを払拭《ふっしょく》したような語り口調だった。

「あたしの在所に声色遣《こわいろづか》いが上手で、腹話術も巧《たく》みな女《ひと》がいました。自分の声以外に、幾人もの声を出せるのです。そうした心得があれば、姿を隠したなかで、他人に別の人がいくらかいるように思わせるのは、造作《ぞうさ》もないことです」

「あっ、そういう手があった。しかし、金目当てだとすれば、もっとふんだくろうとするはずだし、まやかしにしては目的がよく分からねえ」

「だが、ありゃあそんな大道芸《だいどうげい》みてえなもんじゃなかったぜ。どういうか、畏《おそ》れ多いというか……」

仁左が得心してさらなる疑問を口にしたのへ、伊佐治はまだ半信半疑の言葉を返した。

お紀美を注視していた忠吾郎が、

「おめえ、まだ聞いていなかったが、在所はどこだえ。そんな器用な女がいるという……」

「隠していたわけではありませんが……」

相州屋の忠吾郎旦那をはじめ、おクマ婆さんにおトラ婆さん、さらに仁左も伊佐治も、また向かいのお沙世も、信頼してよいと思ったか、お紀美は語った。

「在所は、はい、下総《しもうさ》の中山《なかやま》でございます」

「えっ」

忠吾郎は低い声を上げた。下総国中山といえば、実兄の忠之から聞いた、中野清茂が拝領している九千石の知行地がある所ではないか。

忠吾郎はお紀美の顔を、行灯の灯りのなかに凝視し、

「下総の中山？　いま、そう言ったなあ」

反芻《はんすう》するように言うと、

「そうか。だが、下総からなら、品川は方向違《ちげ》えだ。ま、今夜はこれくれえにしておこう。きょうが盛大だったなら、あしたはうわさが街道をどっとながれて来ようかのう」

と、含みのある言葉で締めくくり、今夜はお開きとなった。

母屋の裏手から寄子宿の長屋は、井戸をはさんで庭つづきだが、その短いあい

だにも提灯を灯し、

「声色遣いの手があったとは、思いつかなかったなあ」

「いや、そんな安っぽい雰囲気じゃなかったぜ」

仁左と伊佐治は話した。

お紀美は考えこむように黙したまま、自分の部屋に戻った。仁左や伊佐治たちとは別棟の長屋である。

忠吾郎は暗い縁側に立ち、それらの提灯の灯りを目で追いながら、

（お紀美……下総の中山、か。こいつぁ、なんともみょうなのがころがりこんで来たぞ）

心中につぶやいた。

三

翌朝、仁左と伊佐治、それにお紀美は日の出とともに手拭と桶を持って井戸端で顔を合わせたが、おクマとおトラはまだ寝ていた。昨夜の疲れが残っているのだろう。無理もないことだ。

お紀美が、

「あのう、旦那さま」

と、意を決した顔つきで母屋の裏庭に歩を踏み、次いでおもてのほうに出て来たのは、仁左と伊佐治が商いに出てからすぐだった。二人はきょうは金杉橋のほうである。番頭の正之助は朝早くから寄子二人を奉公先の目見得《めみえ》に連れて行き、忠吾郎は往還に出ていた。

「ほう。気分は落ち着いたかな」

と、お紀美のほうから来たことに目を細め、帳場にいざなった。きのうから感じているお紀美との奇遇と、それに奉公先を世話するにしても相州屋が請人《うけにん》になるなら、お紀美の背景を詳しく知っておかねばならない。名と在所は聞き、顔が陽に焼けているのと手の荒れ具合から、百姓の娘だろうというぐらいはわかっても、それ以外のことはまだなにもわかっていないのだ。

それらを話しに来たかと忠吾郎は思ったのだが、お紀美の話は意外なものだった。

帳場に座り、

「しばらくでいいんです。寄子宿《ここ》に住まわせてもらいながら、きのう旦那さまがおっしゃった、お向かいの茶店で働かせてもらえないでしょうか」

「いったい、どうしたのだ」

と、思わず忠吾郎は帳場格子からお紀美の顔を見た。

忠吾郎の視線にお紀美は、

「ほんのしばらくでいいんです」

と、まったく疑問に応えていない。

忠吾郎は瞬時思案し、

「ちょいとここで待っていなさい。向かいの久蔵さんに聞いてみよう。まあ、給金はどのくらいになるかわからんがな」

と、腰を上げ、お紀美を帳場に待たせ、おもてに出た。忠吾郎にすれば、不思議を解明するためにも、しばらくお紀美を手許に置いておきたい気分になっている。

忠吾郎は久蔵に言った。店先での立ち話である。

「わしもよう判らんのだ。ともかく悪い娘ではない」

と、そこはお向かい同士である。それも本格的な奉公ではなく〝ほんのしばらく〟である。久蔵よりも、

「わあ、お紀美ちゃんが。しばらくでも助かります」

と、お沙世のほうがその気になった。

すぐに久蔵が忠吾郎とともに相州屋の帳場に顔を出し、

「まあ、さほどの給金も出せないが、しばらくならうちで働いてみなされ」

と、その場からお紀美を連れて行った。茶汲みなら、前掛さえ締めればもう仕事ができる。

すぐに慣れた。

「いらっしゃいませ。はい、お団子もですね」

と、きのうとは打って変わり、なかなか愛想《あいそ》もよかった。

縁台に座った常連の荷運び人足が、

「ほう、一人増えたかい。これはまた別嬪《べっぴん》さんじゃなあ」

「あらあら、お客さん。さっそく色目はだめですよう」

横合いからお沙世が割って入った。

そうしたようすに忠吾郎は、

(いったい……？)

首をかしげた。

きのうは街道に出るのさえ怯えていたのが、いまはお沙世と一緒におもての縁台にかかりきりで人前に出ている。御殿山のうわさをもっと聞きたいのなら、お沙世に訊けばすむはずだが……。

変化のきっかけは昨夜、御殿山のようすを聞いてからだ。

(やはり、係り合いが……)

疑念は膨らんだ。


陽が中天に近づいている。

ようやく、おクマとおトラが寄子宿の路地から出て来た。

向かいの茶店でお紀美が立ち働いているのを見て、

「ありゃりゃ、お紀美ちゃん。ここでお仕事?」

「さすが、旦那さまの計らいでしょ」

声を上げ、近寄って来た。

お沙世が、

「あら、これから?　きのうはお疲れさま。きょうはうわさが一杯ながれて来ていますよ。品川のほうから来たお客さんが、幾人か話していました」

「うふふ。それをあたしたちゃこれから、直《じか》に見た者として大木戸の近くまで」

「あそこの茶店のお人らに、話してくれってきのうから頼まれていてねえ」

おクマとおトラは得意そうに話し、

「お紀美ちゃんにも、あとで話してやるからね」

「あ、お沙世ちゃんに訊けばいいか」

と、誇らしげに品川方向に向かった。昨夜、母屋の裏庭に面した部屋で、お紀美も忠吾郎と一緒に仁左と伊佐治から聞いていたのに、まったく気づいていないようだ。そのときはもうすっかり眠りこけていたのだ。

相州屋の寄子宿では、一棟に仁左やおトラたち、そこを住まいのようにしている面々が住み、もう一棟にお紀美たち本来の寄子が入っている。だからお紀美の出入りに、まったく気がつかなかったのかもしれない。

お紀美は街道に立ったまま、お沙世が、

「そんなに見送らなくったって大丈夫よう」

と言うほど、おクマとおトラの歩むほうへ視線をながしていた。

「え、えぇ」

お紀美は返した。だがその視線は、おクマとおトラの背を追っていたのではなかった。その方向から来る往来人を見ていたのだ。まるで、誰かを捜しているような目つきだった。

それから小半刻（およそ三十分）ほどを経てからだった。

外の縁台の客に茶を運んだお紀美が、慌てたように店場の中に駈け戻り、

「ごめんなさい！」

「えっ、どうしたの」

訊いたお沙世に返事もせず、店の中から凝《じ》っと街道を見つづけた。

その視線の先を、道中笠に道中差を帯び、手甲脚絆《てっこうきゃはん》を着けた若い旅姿の町人が一人、風呂敷《ふろしき》包みを背に通り過ぎた。旅人は、品川方向から、金杉橋の方向に向かっている。

それを見とどけると、

「身勝手、許してください！」

ふたたび言うなり店を飛び出そうとしたかと思うと、

「あっ」

声を上げてあとずさりし、また店の中から隠れるように街道を見つめた。おなじ方向に、旅装束の若い女が通り過ぎた。笠をかぶり、手甲を着けた手に杖を持

ち、腰に風呂敷包みを巻きつけている。

お紀美は再度、

「ほんとに、ごめんなさい！」

言うなり店を飛び出し、金杉橋の方向へ小走りになり、そのまま戻って来なかった。

その慌ただしさは、縁台に座っていた客が、

「どうしたね」

と、首をかしげたほどだ。

お沙世にもわけがわからない。かといってあとを追うわけにもいかない。ひとまず向かいの相州屋に駈けこみ、さっきから留守居のように帳場に座っていた忠吾郎に、

「旦那、おかしいんです。お紀美ちゃんが……」

さっきのお紀美の慌てぶりを話した。

「はて、それは面妖《めんよう》な」

と、忠吾郎は首をかしげ、土間に下り雪駄《せった》をつっかけた。

外に出てお沙世と一緒にお紀美の去った方向に目をやったが、人と荷駄の動き

のなかに、お紀美の背はもう見えなかった。

いったい、なにが……。

「気になる。ともかく找してみよう。正之助が戻って来たら、そう伝えておいてくれ」

「は、はい」

お沙世は心配そうに返し、忠吾郎は鉄の長煙管を腰に差したまま、その場から街道に歩を踏んだ。

四

陽は中天にさしかかった。

街道筋で田町を過ぎれば芝《しば》であり、その先が金杉橋のある金杉町となる。田町と金杉町を分けるように掘割が流れており、街道に橋が架かっている。その橋のたもとに伊佐治は古着の竹馬を据え、

「さあ、生地《きじ》は傷《いた》んでおりやせん。手に取って見てくだせえ」

と、声をながしている。竹馬の古着売りは一日に幾度か場所を変える、いわば

移動式の露天商《ろてんしよう》である。近くのおかみさん連中が四、五人、お喋《しやべ》りをしながら品を手に取っていた。

そこへ脇道から、仁左が道具箱にカシャカシャと音を立てながら出て来た。

「おう、兄弟《きようでえ》。きょうはどこで昼めしにする」

と、声をかけた刹那《せつな》、その視界に旅支度の若い女が入った。女はわずかにうしろをふり返りながらかがみこみ、草鞋《わらじ》の紐を結びなおし、また腰を上げて掘割の橋に入った。

その瞬時に、笠の下の顔が見えた。

（ん？）

仁左は心中に声を洩らした。女の顔が、昨夜の巫女に似ていたのだ。

数呼吸のあいだ、仁左は立ったまま掘割の橋に入った女の背を見つめ、

（そんなはずは……）

思い、ふたたび伊佐治に声をかけようと、視線を街道から橋のたもとの竹馬に戻そうとしたとき、また視界に入った姿に、

（あれ？）

再度、心中で首をひねった。旅姿の笠の下の顔が、これも昨夜の直垂の侍に似

ていたのだ。旅姿は、掘割の橋を前に、前方を見るようにちょいと笠の前を上げたのだ。

仁左は道具箱を背負ったまま一歩街道に踏み出し、掘割の橋を渡るその背を視線で追い、

（みょうだ。尾《つ》けようか、それとも思い違いか……）

迷った。

「おう、兄弟。どうしたい。昼めしの相談じゃあ……」

伊佐治が仁左に声をかけ、

「おっ」

口をつぐんだ。

その視界に、お紀美が入ったのだ。竹馬から数歩のところだ。

ふり返った仁左も、

「えっ？　お紀美ちゃんじゃねえか」

気づき、声をかけた。

お紀美はハッとしたようすを見せ、無言で二人を避けるように、しかも早足で通り過ぎようとした。

その挙措《きょそ》に二人は驚くよりも不審に思い、仁左が背の道具箱にカシャカシャと音を立て、

「おめえ、まさか寄子宿を」

言うなりお紀美の腕を取った。

お紀美は抗《あらが》い、

「逃げ出したんじゃないんですぅ」

仁左の手を振りほどこうとする。

いよいよ怪しい。

伊佐治も竹馬をそのままに駈け寄り、

「どうしたんだ、いってえ」

と、お紀美のもう片方の腕をつかんだ。

「はな、離してくださいっ。行かなきゃならないんです！」

お紀美は必死だった。

掘割の橋の上である。

男が二人がかりで若い娘をつかまえている。

往来人が足をとめる。

だが、つかまえているのは、この町でよく見かける羅宇屋と竹馬の古着屋である。なにかの揉め事と思っても、嬲《なぶ》っているようには見えない。

「へい、この娘。あっしらとおなじ長屋の者でやして」

仁左もまわりの者に言う。

お紀美はあきらめたか、力を抜いた。もう前方に、昨夜の直垂の侍に似た男の背は見えなくなっている。

仁左も伊佐治も力を抜き、

「お紀美ちゃん。いってえ、どうしたというんだ」

言ったところへまた、

「おぉう、ここにいたか。それに仁左どんも伊佐治もそろって」

と、忠吾郎が追いついた。札ノ辻から事情のわからないまま、あちらの脇道、こちらの路地と目を配りながら来たものだから、かえってお紀美に追いつくことができなかったのだ。

「あ、旦那さま」

と、お紀美は忠吾郎が追って来たことに戸惑いを見せた。

この事態に仁左は、

「旦那まで来なすったとは」

と、なにやらいっそう尋常でないことを直感し、

「ここでは立ち話もできやせん。ともかく札ノ辻へ戻りやしょう」

「ふむ。それがいいようじゃのう。お沙世も心配していることだし」

忠吾郎は返し、お紀美もすっかり観念したようだ。

「すまねえ、ちょいと急用ができやして」

と、伊佐治は女衆にことわり、竹馬の荷をまとめだした。

それを待ち、忠吾郎とお紀美は、仁左と伊佐治をまじえ、いま来た道を返すことになった。

お紀美は三人のあとにつづき、さきほどの戸惑いを引いているのか、それとも新たな恐怖を想起しているのか、顔が蒼白《そうはく》となっていた。

歩を進めながら、

「なにか、ひと悶着《もんちゃく》あったようだな」

「あったようだなじゃありやせんぜ、親、いえ、旦那」

忠吾郎が言ったのへ伊佐治がつづけ、

「歩きながら話せることじゃなさそうで」

仁左が急《せ》かすように言う。あとは黙々と歩を進め、お紀美もそれに従った。もう、街道を駈け出しそうな気配はない。

「あらあ、みんな一緒に帰って来て。いったいどうなっているの」

茶店の前でお沙世が目を丸くして迎えたのへ、

「ごめんなさい」

「まあ、こういうことだ」

お紀美は小声であやまり、忠吾郎も言ったが、まだわからないことだらけだ。

「さあ」

と、お紀美の背を、相州屋の暖簾のほうへ押した。

お沙世は安堵と訝《いぶか》しさを混ぜたような表情でその背を見送り、

「あ、お茶をもう一杯ですね」

店の中に入った。午時《ひる》分には、茶店の縁台に座ってお茶だけ頼み、持参の弁当をつつく荷運び人足などがけっこういるのだ。

# 五

相州屋の、母屋の裏庭に面した部屋である。

あぐら居になった忠吾郎を中心に、仁左と伊佐治、それにお紀美が端座で畏まっている。昨夜とおなじ顔ぶれだ。

仁左は、さきほどお紀美のようすが尋常ではなかったことを話し、さらに昨夜の巫女と直垂の侍ではないかと思われる二人が、町人の旅姿で歩み去ったことも語った。これには伊佐治も驚いた。

「ふむ」

忠吾郎はうなずき、

「これはひとつ、おまえに詳しく話してもらわねばならんようだなあ」

と、お紀美に視線を据え、仁左と伊佐治の視線もそれにつづいた。

お紀美はすでに観念していたか、

「あい」

小さくうなずき、話しはじめた。

「天女を呼び寄せる巫女などとは、真っ赤な嘘でございます。名はお勢といい、それがお話ししたとおりの声色遣いと腹話術が巧みな女《ひと》なのです。つながって歩いていたのは、智泉院長十郎《ちせんいんちょうじゅうろう》という、中山の法華経寺《ほけきょうじ》に仕《つか》える寺侍《てらざむらい》です」

直垂の侍が寺侍というのは意外だったが、声色を遣ったまやかしということは仁左も忠吾郎も予測していたことであり、さして驚かなかった。伊佐治もまた、

「うーん。やはりそうか」

と、認めるように洩らしたものである。

だが問題は、それをなぜお紀美が知っていたかである。

「おまえの在所は、下総の中山だったなあ」

忠吾郎は確認するように言い、いっそうお紀美に視線を釘づけた。

お紀美は応えた。

「あい。お勢さんもあたしとおなじ在所の庄屋の娘で、あたしの実家もとなり村の庄屋でございました。ご領主さまは、お江戸でずいぶんお力のあるお旗本で、中野清茂さまと申されます。中山には法華経寺という大きなお寺があり、在所の者の自慢でもあります」

「ふむ」

忠吾郎は相槌《あいづち》を入れた。中山法華経寺も存在は知っている。

しかも、中山法華経寺内にある智泉院の住職こそが日啓だった。お美代を産んだ囲われ女は、檀家《だんか》の娘であり、地元ではそれを知らない者はいないという。

「ふむ」

と、仁左はうなずいた。こうした柳営の事情も知っているかのようだった。江戸市中の一介の羅宇屋に過ぎない仁左がなぜ、

(ん?)

と、仁左のうなずきに忠吾郎は首をかしげたが、いまはそれよりもお紀美のことである。

「なぜなのだ。このお江戸で国者《くにもの》同士が出会えば懐かしく、手を取り合うものではないのか」

「それができないのです」

お紀美は返し、語った。

中山にある中野家の代官所をとおし、

「あたしに、お江戸の中野屋敷へ奉公にとの話があったのです。お代官さまは、中野家に奉公をしておれば、お城の大奥に上がってお美代の方さまのお付き女中

になり、栄華のなかに身を置くことも夢ではない、と。でも、在所にはうわさがながれておりました。屋敷奉公に上がった者は、清茂さまや日啓さまの慰《なぐさ》みものとなり、賄賂代《まいない》わりに旗本や大店《おおだな》に妾《めかけ》として送り込まれる、と。ほんとうらしいのです。お江戸のお屋敷を抜け出し、村の近くまで逃げ帰って、追っ手の中野家のお侍に斬り殺された者もいるのです」

娘の拐かしをしているのだとすれば、そうしたうわさもあり得ることだ。

お紀美の言葉はつづいた。

「親は路銀を工面し、あたしを逃がしてくれました。ですが、在所で聞いて頼ろうとした深川《ふかがわ》の商家はなくなっていました。そのときは死のうかと思うほど途方に暮れましたが、ともかく下総とは逆の西へ逃げようと思い、ここまで来て、このお向かいの茶店に倒れこんだのでございます」

「ふむ。よく死なずにここまで来た。だが、再度訊くが、なぜ国者のお勢や長十郎とやらに気づきながら、あとを尾けるようなことをしたのだ」

「あい。お勢さんの妹のお郁《いく》ちゃんというのがあたしの幼馴染《おさななじみ》で、だから、お勢さんもあたし、よく知っているのです。声色遣いで他人さまを誑《たぶら》かすような人じゃありません。それがなぜ……と、疑問に思ったのです。だから、すぐに声をかけるのがためらわれたのです。寺侍の長十郎さまが一緒ということはお勢さん、ひょっとしてお寺かお代官さまに強要され、あたしを找しに江戸へ出て来たのか、と。……あたしを捕まえに。天女の降臨は、あたしをおびき出す芝居かと……。それで、あたしが考えたように、お勢さんたちも中山に近い千住宿《せんじゆじゆく》ではなく、逆方向の品川宿を皮切りに、次はきっと江戸府内に入ると思い、旦那さまにお願いしてお向かいの茶店で……」

「網を張ったって寸法かい」

「そこにさっそく長十郎にお勢とやらが、引っかかったってえわけだ」

仁左と伊佐治が、得心したようにつないだ。

「あい」

お紀美は返し、つづけた。

「お勢さんたちの居所を突きとめ、そっとお勢さんに問い質《ただ》そう、と。けれど、見失ってしまった……。あぁぁ、旦那さま！　これから、あたし、どうすれば」

助けを求めるようにお紀美は端座のままにじり出て、忠吾郎の袖をつかんだ。

「そう、そうだったのかい。つい、知らずにとはいえ」

仁左が申しわけなさそうに言い、伊佐治もバツが悪そうにうなずきを入れた。

二人とも、お紀美の邪魔をしたことになる。

「それでよかったのかもしれねえ」

　忠吾郎は言った。

「もし本当にお紀美を捕まえに来たんなら、向こうには長十郎とやらがおり、それに、まだ人数がいるかもしれねえ。そんなところへ一人で乗りこんでみろい。ロクなことにはならねえぜ」

「あっ」

と、お紀美は忠吾郎の袖から手を離した。そこまでは、考えていなかったようだ。考えが、衝動的だったのかもしれない。

　そのようなお紀美に、忠吾郎は落ち着いた口調で言った。

「おまえはしばらくここにいるのだ。この札ノ辻から一歩も出ぬように、な。向かいの茶店で働いておれば、気晴らしにもなろうて」

「よ、よろしいのですか」

「むろんだ。あの天女降臨の意図はなにか、わしらが探ってみよう。なあ、仁左どんに伊佐治よ」

　言った忠吾郎に仁左と伊佐治は、無言でうなずきを返した。二人とも、すでに関わってしまっている。

お紀美はこれからしばらく、向かいの茶店でお沙世に任せることになる。忠吾郎はその日のうちにお沙世を呼び、これまでの経緯《いきさつ》を話した。

お沙世の頭のめぐりは速く、

「まあ、天女なんて、まやかしだったのですか！」

憤慨し、お紀美については、

「ええ、護りますとも。女をまるで道具のように。許せません！　こうなりゃあお紀美ちゃん、もうわたしの妹同然です」

語気を強めた。

おクマとおトラには話さなかった。婆さん二人はいまなお天女を信じ、近所にも得意先にも、

「見たんですよう、ほんとうに」

話している。新たなうわさを集めるには、かえってそのほうがいいのだ。

実際にその話は、茶店の縁台でも大いに話題になっている。

お沙世もお紀美も、それらのうわさに、

「はあ、そうですか」

と、否定も肯定《こうてい》もせず、なかばとぼけて聞いていた。そうふるまえと、忠吾郎から言われているのだ。

仁左と伊佐治がまだ部屋に残り、忠吾郎と鼎座《ていざ》になり、

「お紀美は気持ちの上でも追いつめられているようだ。天女の芝居が自分をおびき出すためだなどとは、あの娘の思い過ごしだろう。いずれにせよ、お勢に長十郎とやらは、またいずこかで興行をやるだろう。そのときはまたおめえたちが行って、背後を探るのだ」

「へい、がってん」

「承知」

と、話しているときだった。

小僧が廊下に足音を立て、染谷の来たことを告げた。

部屋に入った染谷の顔は蒼ざめていた。

鼎座に遊び人姿が加わり、一同は固唾を呑んだ。

永代橋に上がった女の斬殺体の身許がわかり、亭主の新助が遺骨だけを浅草田原町の裏長屋に持ち帰ったことは、相州屋の面々は染谷から聞いて知っている。

その第二報だった。

染谷は苦渋《くじゅう》を顔ににじませ、

「迂闊《うかつ》でやした。殺されやした」

「なんと!」

忠吾郎は絶句した。仁左と伊佐治も同様である。

骨を持ち帰った日の夜、長屋で文机《ふづくえ》だけの簡単な祭壇《さいだん》が組まれ、形ばかりの通夜《つや》がおこなわれたらしい。

「あっしもそば屋の玄八を連れてようすを見に行きやした。ところがそのあと……」

きょうになってからである。

「新助が部屋から出て来ないので、長屋の者が部屋に入ると、出刃包丁で喉《のど》をかき切り、祭壇の骨壺の前で息絶えておりやした。血のかたまり具合から、死んだのは昨夜のうちかと」

「大工が鑿《のみ》を使わず、出刃包丁で自害?」

仁左が、疑念を含んだ口調で問いを入れた。

「そのような体裁《ていさい》が取られており……」

と、染谷も自害だとは思っていない口ぶりだった。

だが長屋の住人たちは、昨夜部屋で争う物音などは聞いておらず、

「――女房を喪《うしな》った悲しみから、こんなことを」

「――ずっと、ついていてやればよかった」

などと言っているらしい。

「ふーむ」

忠吾郎はひと息入れ、

「つまりだ、凶刃《きょうじん》を振るった悪党は、死体が早々に火葬となってホッとしたものの、背の刀傷を見ている亭主が、女房を殺《や》った何者かについて騒ぎ出したりしないうちに口封じをした……か」

「おそらく」

染谷が肯是《こうぜ》したのへ、

「えぇえっ」

と、伊佐治が驚きの声を上げ、

「それでまた人ひとりの命を！　いってえ、いずれの手!?」

「わからねえかい」

仁左が言った。疑問でも訊いたのでもない。伊佐治も含め、この座にいる四人

の脳裡には浮かんでいた。

——本所亀戸村の中野屋敷
である。

「まあ、そういうことでやして。そこで呉服橋の大旦那が言うには、あっしと玄八とで、浅草田原町のほうにもうすこしあたって新助の死因を探り、相州屋さんには中野屋敷に注意を払ってもらいてえ、と。数日後にそれを持ち寄って、どうするかを決めてえ、と」

「どうするかって、探っているあいだに、なにがどう転ぶかわからねえぜ。それに染どんや、もう二度と、せっかくのいい駒《こま》を死なせるような頓馬《とんま》なこと、やってもらっちゃ困るぜ」

忠吾郎が渋面《じゅうめん》をこしらえて言ったのへ、染谷は首をすくめ、

「へえ、それはもう。大旦那からも、こっぴどく言われやして」

と、実際に顔が蒼白になっている。

忠吾郎は詰《なじ》っているのではない。奉行である忠之は多数の配下を抱えているものの、寺社奉行や御船手組、それに将軍家御用取次をまえに、染谷とその岡っ引以外は差し向けられないことを、忠吾郎は解している。

(ふふふ。すまじきものは宮仕《みやづか》え、か)

と、胸中に思い、忠之と染谷に同情している。

その染谷が帰ってから、忠吾郎は仁左と伊佐治に言ったものだった。

「呉服橋め、自分たちの失策《しくじり》をわざわざ報せて来るなんざ、いいところあるぜ」

「そのようで」

仁左は返し、伊佐治は言った。

「そちらはしっかり頼むぜとの意味でやしょうかねえ。そのお方に一度、会ってみてえもんで」

伊佐治はいっそう強く、呉服橋の大旦那とやらに興味を持ったようだ。

忠吾郎は念を押すようにつづけた。

「お紀美はすでに相州屋の寄子だ。おめえら、徹底して助《す》けてやるのだ」

「へいっ」

仁左と伊佐治は同時にうなずいた。二人にはお紀美に対し、掘割の橋でのうしろめたさがある。

お紀美を助けるには、まずお勢と長十郎を問い質すことが、一番の方途と確信したのだった。

# 三　敵か味方か

## 一

日の出の井戸端である。

きのう忠吾郎から、お紀美を〝徹底して助けてやれ〟と言われた。

そのお紀美が、もう井戸端に出て釣瓶《つるべ》を手にしていた。

仁左は意識してか、近づきながら、

「やあ、お紀美ちゃん、早《はえ》えな。貸しな、汲んでやるぜ」

と、お紀美の手から釣瓶を取って井戸に落とし、

「おめえも、もうすっかり相州屋の寄子《よりこ》だぜ」

言ったのへ伊佐治も出て来て、

「そうさ。もう俺たちのお仲間だ」

　つないだ。

　もう十年も寄子のおクマとおトラも、手拭と桶を持って出て来た。

　奉公先が決まるまで、数日切りの滞在である寄子たちも、長屋から出て来る。

　相州屋の朝の風景だ。

「仁さんも伊佐さんも、なに言ってんのさ」

「そうさね。一日でも寄子宿《ここ》に泊まりゃ、それでもう相州屋の寄子で、あたしらのお仲間さね」

　おクマとおトラが屈託《くったく》なく言う。

　その婆さん二人が、

「きょうは伊皿子坂《いさらござか》のほうをまわろうかねえ」

　と、そろって寄子宿の路地から街道に出て、すでに向かいの茶店に出ているお紀美に、

「しっかりね」

「お沙世ちゃん、よろしく頼みますねえ」

　と、まるで孫を頼むように言ったあと、仁左と伊佐治も出て来た。忠吾郎もそ

こへ暖簾から顔を出した。

街道の一日はとっくに始まっており、往来人や荷馬、大八車が行き交い、低く土ぼこりが舞っている。

仁左は腰切半纏《こしきりばんてん》に三尺帯だが、道具箱を背負っておらず、伊佐治もいつもの単《ひとえ》の着物を尻端折に商人らしく手拭を吉原《よしわら》かぶりに頭へ載せているが、竹馬の天秤棒は担いでいない。きょうは、商いではない。

かといって、手ぶらではない。念のためであろう、二人ともふところに匕首《あいくち》を忍ばせ、伊佐治などは得意の手裏剣まで、帯の内側に差しこんでいる。

「それじゃあ」

と、二人は玄関前に立った忠吾郎と目配せほどの挨拶《あいさつ》をかわし、お紀美には、

「行ってくるぜ」

「は、はい。よろ、よろしゅう」

緊張した声が返ってきた。お紀美は、きょうの仁左と伊佐治の〝仕事〟を知っている。お沙世も知っていた。

「わたしも行きたいのにねえ」

二人の背に声を投げた。

その背は、金杉橋のほうへ遠ざかった。

はた目には、手持ちぶさたの職人と小柄な商人が、そろって目的もなく歩いているように見えることだろう。

きのう相州屋の奥の部屋で、

「――お紀美の話では、やつらはきっとまたどこかで天女の芝居を打つはずだ。そのうわさを拾うのだ」

と、忠吾郎と話し合ったのだ。


二人の足は、きのうの掘割の橋に乗った。

「ここだったなあ」

「ああ。そうだった」

伊佐治が言ったのへ仁左は返した。

足は掘割の橋から新堀川《しんぼりがわ》の金杉橋も越え、浜松町に入った。増上寺の門前町が近い。

「そろそろこのあたりで」

「そうだなあ」

仁左が言ったのへ伊佐治は応じた。

お勢と長十郎が歩み去った先で、闇雲《やみくも》に聞き込みを入れようというのではない。天女の降臨ならその性質上、

「――大きなお寺や神社の門前町あたり」

と、目串《めぐし》を刺している。その手始めが増上寺である。大門《だいもん》から広場のような門前通りが延び、東海道と交差し、さまざまな屋台や物売り、大道芸人が出て、毎日がまるで縁日のように賑《にぎ》わっている。さすがは将軍家の菩提寺《ぼだいじ》だ。

あちこちの茶店で湯飲みを口に運び、屋台では幾度もそばを手繰《たぐ》り、天ぷらなどを喰った。そのつど、

「品川に天女が舞い降りたって、知ってるかい」

と、訊いた。さすがは品川と離れていても、街道一筋で結ばれた土地柄か、

「ああ、そうだってなあ。でも、ほんとうかい」

と、けっこううわさは伝わっていた。

なかには、

「あたし、知っていたら見に行くんだったのに」

という女衆もいた。

だが、

『この増上寺のご門前にも天女が……』

と、期待した声は得られなかった。

お勢たちがここでまた興行を打つつもりなら、まずうわさをながし、貼り紙か簡単な引札《ひきふだ》（チラシ）を用意するはずだ。品川もそうだったという。

しかし、お勢たちはこの地を素通りしたようだ。

二人は歩を進めた。

それらしい町々でまた茶をすすり、日本橋まで出た。

「さて、両国広小路にするか、それとも神田明神《かんだみょうじん》にするか」

迷った。いずれも大勢の人が集まる繁華な地である。

神田に向かった。内神田の大通りを経て神田川を北へ渡り、そこに広がる神田明神下の町場でも茶をすすり、そばを手繰った。

だが、日本橋を過ぎればうわさも聞かなくなり、

「天女？　いい歳して、なに言ってんだね」

「品川の人ら、海が近いから白い雲を羽衣と見間違ったかね」

などと言われる始末だった。

うわさはまだ、日本橋を越えていないようだ。

「きょうは、当たりがなかったなあ」

と、伊佐治が肩を落としたのへ仁左は、

「やつら、なにをたくらんでいるのか知らねえが、ご府内でもきっとやるはずだ」

と、両国の木賃宿《きちんやど》にわらじを脱ぎ、

「あしたは川向こうだ」

算段を立てた。

川向こうとは、大川（隅田川）の向こうで、本所、深川である。お紀美の言っていた亀戸村の中野屋敷が、本所なのだ。行く価値はある。

「やつら、つぎの興行の準備に手間取っているのかもしれねえ。あしたは深川の霊巌寺《れいがんじ》界隈から永代寺《えいたいじ》に富岡《とみがおか》八幡宮まで行ってみようぜ。これだけ拝んでまわりゃあ、きっとご利益《りやく》があらあ」

と、すでにあしたの手順を決めたように言った。

# 二

木賃宿で一夜を過ごし、出かけるのには余裕があった。出たのは、同宿になった旅の商人らが出払ってからである。

「みんな懸命に働いているのに、俺たちだけのんびり、気が引けるぜ」

「へへ、わけのわからねえ仕事をしているなんざ、小田原で与太を張っていたころを思い出さあ」

仁左が言ったのへ、元やくざの伊佐治は応えた。頭の吉原かぶりを取り、腰に脇差でも差せば現役のやくざ者に変貌するが、あまりにも小柄なので強そうには見えない。だが見る者が見れば、

（おっ、あやつ）

と、腰つきなどから、只者《ただもの》ではないことを見抜くだろう。

二人は両国橋を渡った。そこから近い南手の霊巖寺界隈では、当たりを得られなかったが、さらに南の海辺に近い永代寺の門前で、葦簀《よしず》囲いの茶店に腰を据えたときだった。

となりの縁台に座っていた、商家のご新造風の三人連れが、なにやら一枚の紙片を見ながら、お喋りに興じていた。

聞こえて来る。

「天女さまが降りて来るって？」

「羽衣をひらひらさせながら？」

二人は口に運びかけた湯飲みをとめ、顔を見合わせた。

当たりだ。

「へえ、ご免なすって」

職人姿の仁左が声をかけ、紙片を見せてもらった。

案の定、引札だった。木版を摺《す》ったものではなく、半紙を半分にしたほどの紙片で、手書きだ。枚数はそう多くは出ていないのだろう。

優雅な筆跡で書いてあった。

――天女様　御光臨

日時はあしたからになっている。期間は、

――数日、日の入り時分に。願い事、悩み事にご託宣《たくせん》あり

と、書きこまれている。品川の御殿山の例とおなじではないか。

「あら、お兄さん方も興味がおありかえ」

ご新造の一人が言い、

「いえ、そんなわけじゃや。天狗じゃなく、天女なんて珍しいもんでつい」

仁左は引札を返し、

「天狗だなんて、おもしろいことを言うお兄さん」

と、ご新造たちの笑い声を背に、二人は境内《けいだい》を出た。

「なあに、あしたの日の入りまでに、ここへ間に合えばいいんだ」

言いながらも、気が逸《はや》るのか早足になった。


二人が札ノ辻に歩を踏んだのは、陽がまだ西の空に高い時分だった。

お紀美は茶店から相州屋の裏手に走り、

「わたしも」

と、お沙世もつづき、一緒に話を聞いた。

ふたたびあした、天女降臨である。お紀美は緊張に身を硬直させた。

「ふむ」

忠吾郎はうなずき、

「あたしも、あたしも一緒に行かせてください」

懇願するお紀美に、肯是のうなずきを返した。ふたたびお勢と長十郎が、紙垂《しで》を持った巫女と直垂の侍姿になって現われるのであれば、仁左と伊佐治も、

「そのように、策を組みやしょう」

「こいつはおもしろくなりそうだぜ」

と、お紀美の同行を承知した。


その日が来た。

太陽はもういくらか高くなり、おクマとおトラがさっき、

「仁さんも伊佐さんも、みょうなところに出入りするんじゃないよ」

と、商いに出たばかりだ。

三人も、街道に出た。仁左、伊佐治、お紀美である。

伊佐治も仁左に倣《なら》い、腰切半纏の職人姿を扮《こしら》え、足には足袋《たび》に似て足首のあたりまで紐で結ぶ甲懸《こうがけ》を履《は》いている。これが最も動きやすいで立ちなのだ。きようも念のため、二人はふところに匕首を呑み、さらに伊佐治は手裏剣を忍ばせている。お紀美は遠出のためか、手甲脚絆に笠をかぶり、裾をたくし上げ杖を手

にしている。ちょっとした旅支度だ。

　忠吾郎もおもてに出ている。

　お沙世が空の盆を小脇に、緊張気味のお紀美に言った。

「お紀美ちゃん、仁左さんと伊佐治さんがついていれば安心だからね」

「そういうことだ」

　忠吾郎がつないだ。見送り人は、この二人だけだ。

「さあ、お紀美ちゃん。行くぞ」

「あい。あれれ」

　朝から急ぎの大八車か、三人のすぐ横を土ぼこりを巻き上げながら走り過ぎて行った。

　お沙世が街道に歩を踏み出した三人に、

「わたしも、お紀美ちゃんがお勢さんとやらの前に立ったときのようす、見たいのに」

　つぶやくように言った。きのうからそれを言いつづけている。だが忠吾郎が、

「――おめえが行くと、騒ぎを大きくしそうだからなあ」

　と、許さなかったのだ。

街道の人の動きのなかに、三人の背は次第に小さくなる。

その背に忠吾郎は、

(うまくやれ。頼むぞ)

つぶやき、お沙世に、

「このこと、おクマとおトラには言うんじゃないぞ。二人はまだ天女を信じている。それがあの婆さんたちには、一番しあわせなんだからな」

言いながら茶店の縁台に腰を下ろした。

「わかってますよう」

お沙世はいくらかふてくされたように応《こた》え、奥に入ってお茶の用意をし、忠吾郎の座っている縁台に湯飲みを置いた。

忠吾郎はきょうも、街道に陣取るようだ。

三

三人は歩を進めた。

お紀美の足に合わせたため、江戸湾の河口近くに架かる永代橋を踏んだのは、陽が中天にさしかかろうかという時分だった。日本橋や両国橋と同様、橋を渡る大八車の車輪や下駄の響きが、江戸の活気をあらわしている。

渡ればそこが深川である。

水運に拓《ひら》けた土地で、永代橋を渡り二度ほど町中の掘割の橋を渡ると、不意に往還は広場のように広くなり、すぐ前方に鳥居《とりい》が見える。富岡八幡宮の一ノ鳥居で、くぐれば永代寺と八幡宮のならぶ門前町である。きのう仁左と伊佐治は、その永代寺の境内に、裏手のほうから入ったのだった。

きょうは正面からであり、

「まあ、これは」

お紀美は目を瞠《みは》った。

江戸の町を東から西へ横切って札ノ辻の地を踏み、その道中に処々の門前町を横目で見たものの、なかに足を踏み入れるのは初めてである。広さも賑わいも、在所の中山法華経寺などとはくらべものにならない。

広い通りには食べ物、飲み物に小間物、古着などの屋台が立ちならんでしきりに呼びこみの声をながし、その背後には茶店はむろん、そば屋に京菓子、扇子《せんす》、仏具、文具などの常店《じょうみせ》が色とりどりの暖簾をはためかせている。

行き交う男女も八幡宮や永代寺の参詣客《さんけい》か、よそ行きに着飾り、家族連れもおれば稽古《けいこ》事のお仲間か、そろいの日傘《ひがさ》を差した若い娘の一群もいる。町内のおかみさんたちが連れ立って出て来たか、ぺちゃくちゃお喋りをしながらそぞろ歩いているのも、門前町の風景である。

お紀美は仁左と伊佐治のうしろにつづき、

「これが、これがお江戸の門前町なんですねえ」

と、上ずった声で言い、顔を右に左に向けている。屋台の素見《ひやかし》と参詣だけで一日がつぶれそうだ。職人姿の仁左と伊佐治はともかく、旅姿のお紀美などは、まったくの田舎《いなか》者に見える。

「まず、腹ごしらえをしようぜ」

伊佐治が言い、三人は枝道に入った。路銀は忠吾郎から出ているが、表通りに面した門構えのいい店は高そうだ。そのことよりも、表通りではほとんどが外来の一見《いちげん》客で、町のうわさは拾いにくい。それに客の入れ替わりも激しく、店の者とゆっくり話もできまい。

町の裏手に歩を進めた。門前町の特徴で、裏手にも飲食の店は多い。飲み屋もあれば居酒屋もある。さらにお紀美に見せられないような場所も……。

三人は、土地の者が出入りしていそうな一膳飯屋《いちぜんめし》に入った。午前《ひるまえ》だったので店内に客はまばらで、うわさを拾うにはちょうどいい雰囲気だ。きのう引札が出ていたということは、枚数は少なくともうわさは広がっているはずだ。

客が一人座っているだけの床几《しょうぎ》に、三人は腰を下ろした、先客は女で小間物の行商人らしく、風呂敷に包んだ行李《こうり》を脇に置いている。

仁左は焼き魚に味噌汁《みそしる》の昼めしを頼み、ついでのように尋ねた。

「あ、姐《ねえ》さん。ちょいとおもてで聞いたんだが、なんでも今夜、八幡さんの境内に天女が舞い降りるって？　ほんとうかね」

きのう見た引札に、場所は永代寺ではなく、となりの〝富岡八幡宮の杜《もり》〟と記されていたのだ。

「あれえ、お客さん、どこから来なさったかね。ほんのここ数日さね。もうえらい評判で、きょうから幾日か、巫女さんが天女を呼びなさるとか。それも陽が沈むほんの一瞬だっていうから、見に行きたいんだけど、そのころお店は書き入れ時でねえ」

いよいよ品川の御殿山とおなじである。

店場に出ていたのはおかみさんか、

「境内っちゃあ境内だが、八幡さんの向こう側の林さ。どうせならおもての通りに舞い降りてくれりゃ、あっしも見に行けるんだがなあ」

と、板場のほうから亭主らしい男の声が聞こえた。

おクマやおトラからの又聞きではない。地元で直《じか》に聞くうわさだ。お紀美は緊張したようすで聞き耳を立てている。

亭主の声に応じたのは、おなじ床几で冷やっこと味噌汁の昼めしに箸をつけていた、小間物の女行商人だった。

「あらら、その話ならあたしも聞きましたよ。ほんとに舞い降りて来るんですかあ、天から」

「疑いなさるんなら、お客さん。夕方までこの町にいて、八幡さんの林に行ってみなせえ」

「うーん、どうしよう。きょうはこのあと、本所のほうをまわらなきゃならないし。ここに夕方までいたんじゃ、帰りがすっかり暗くなっちまうし」

女行商人は本気で迷っているようだった。

やはりうわさは、かなり広がっているようだ。しかも、この一膳飯屋のおかみさんも亭主も、単なる見世物を語る口調ではない。すっかり信じている話しぶりだった。

仁左と伊佐治は顔を見合わせ、うなずきを交わした。お紀美は身を硬直させているようだ。


一膳飯屋を出てから、ひとまず現場を確認しておこうと、八幡宮の境内につながっている林に向かった。

幔幕はなかったが、すぐにわかった。樹間に人の踏み固めた道一筋があり、そのさきに土の出た箇所がある。

「ふむ。幕を張るなら、ここだな」

「あとは、お勢さんたちが、どの旅籠《はたご》に入っているかだけですね」

「そうだ」

仁左が言ったのへ、お紀美が緊張した声で応じ、伊佐治がうなずきを入れた。

三人は周囲を丹念に調べた。ほかに人の踏んだ跡はない。お勢たちは、特別な裏道ではなく、境内からこの場に入り、見物人たちが帰ってから、おなじ道一筋を経て町場の旅籠に帰るつもりのようだ。

「よし」

と、仁左と伊佐治はうなずきを返し、策がうまく行くように八幡宮と永代寺へのお参りをすませ、一度町場に戻った。今宵の宿を確保しておくためだ。

裏通りの木賃宿に入った。女連れだが、今宵はまともな旅籠よりこのほうが都合がいいのだ。おもての旅籠では、暗くなり町々の木戸が閉まるころには、玄関の雨戸を閉めてしまう。木賃宿なら玄関といったようなものはなく、おもての戸は腰高障子だけで雨戸を閉めることもない。それで、こうした場所を定宿《じようやど》にしている行商人などがけっこういるのだ。

陽がかたむきかけたころ、三人は顔が間近に見える場を確保しておこうと、日の入りにはまだいくらか間はあるが現場へ向かった。

土地《ところ》の者を雇っていたのだろう。いつの間にか品川とおなじように幔幕の縄が張られていた。それにうわさも広まっているせいか、すでに人が出ていたが、思いどおりの座を確保できた。

「ほんとうだろうかねえ。天から舞い降りて来るとは」

「見た人の話では、確かに舞い降りたらしいよ」

話しているのが聞こえる。品川のうわさも、いくらかは伝わっているようだ。

それらの口調はいずれも期待をこめており、大通りに見る大道芸とは異なった雰囲気がただよっている。幕はたくし上げられているが、そこを結界と見なしているのか、中に入ろうとする者はいなかった。

日の入りが近くなっている。

「おお、おいでだ」

「あっ、巫女さんだ」

うしろのほうで声が上がった。

品川でもそうだったのだろう。酒手《さかて》を相当はずんだか、駕籠舁《かごか》き人足が二人、

「へい、ご免なすって。へい」

と露払《つゆはら》いの役をはたし、そのうしろにしずしずと紙垂を持った巫女と直垂に烏帽子の侍がつづき、そのうしろにまた、文机や毛氈などを抱えた駕籠舁き二人がついている。

「おぉう」

と、見物衆は感嘆の声とともに道を開け、駕籠舁きたちが地に毛氈を敷き、巫女が着座するといずれかに去った。

それだけで、

「おーっ」

周囲から声が上がる。

巫女は紙垂を手に身じろぎもしない。

あとは品川の御殿山で、仁左と伊佐治たちが見たとおりだった。

「どうだ」

「間違いありませぬ」

仁左の問いに、お紀美は低く明言した。

「それなら」

伊佐治も応じ、お紀美は笠で顔を隠し、三人は目立たぬように腰を上げた。その座はすぐに埋まった。

三人は樹間を抜け、境内の一角に出た。そのあいだにも見物衆であろう、幾人かとすれ違った。御殿山のときより人出は多いようだ。

「さて、そのあたりで腹ごしらえでもするか」

と、三人はまた大通りに出て屋台のそば屋の前に立った。日の入りは間近だ。その屋台で三人がきょう最後の客になるかと思ったら、汁もソバ玉もまだ存分にある。

「どうしたい、そんなに売れ残ったのかい」

伊佐治がそば屋のおやじに声をかけると、

「いやいや、きょうは天女さんの降臨の日じゃで、このあと帰りのお客さんがどっと出て来まさあ。お寺さんもお役人も、こんな日は大目に見てくれやすもんでねえ」

嬉しそうに応えた。

江戸では火事を警戒し、日暮れてから野外で火を扱うのは、持ち歩きの提灯以外はご法度《はっと》になっている。

だから、昼間いかに賑わう門前町であっても、日の入りとともに表通りは潮が引くように人の波は消えて客の層が入れ替わり、脇道に入った裏筋が賑わうこととなる。

〝天女降臨〟の幔幕の中に灯りがなく、やがて暗闇となることへ、誰も文句を言わないのはこのためである。お勢らはこの法度を、うまく利用していることになる。

そばの碗《わん》を手に、三人は広場の隅のほうに座りこみ、

「間違いないいな」

「あい、となり村のお勢さんと、寺侍の長十郎さまです」

仁左が念を押したのへ、お紀美は返した。

間近に長く座っていたのでは、逆に相手からも気づかれる危険があることになる。だから、三人はそっと見物衆から抜け出たのだ。

あとは〝天女降臨〟の芝居が終わり、お勢たちが樹間から出て来るのを待つばかりである。

仁左は明るいうちにお紀美を木賃宿に帰し、伊佐治と二人で待つ算段だった。ところがお紀美が一人になることを怖がり、一緒に待つことになったのだ。お勢や長十郎もいま、おなじ町にいる。それだけでお紀美にとっては、この地は敵地だった。

そばを手繰りながら、お紀美は言った。気になっていたことである。

「仁左さん。旦那さまのところで確か、掘割の橋の近くでお勢さんに気づき、そのうしろを長十郎さまが歩いていたとおっしゃいましたが」

「ああ、そうだが、それがなにか」

「あたしがお沙世さんの茶店で見たときは、長十郎さまがさきで、お勢さんがうしろだったのです」

「なんでえ。それがどうかしたのかい」

伊佐治はつまらなそうに言ったが仁左は、

「ほう」

と、うなずき、

「そりゃあ、お紀美ちゃん。あの二人、誰か尾けている者がいねえか、用心していたのだぜ。二、三人で連れ立って歩くとき、尾行に気をつける一つの手だ。逆に二、三人で一人を尾けるときも、順番を入れ替えて対手に気づかれねえようにする。どっちもよくあることだ」

「へぇえ、仁左どん。いやに詳しいじゃねえか。やったことあるのかい」

感心したように言う伊佐治に、仁左は、

「なあに、こんなのは尾けたり、逆にそれをまくときなどのイロハだ。覚えときねえ。やつら、それをやっても、横からお紀美ちゃんに見られていたとは、まったくかたなしだぜ」

「なるほど、そういうことかい。やっぱりやつら、なにかたくらんでやがるな」

「その証拠にもならあ」

伊佐治が得心したように言ったのへ仁左は返し、

「あたし、恐い」

お紀美は思わず口から洩らした。

あたりはすでに暗くなっている。

いまごろ林の中では、御殿山とおなじ光景が展開されていることだろう。あとは樹林の近くで、提灯に火を入れず、お勢たちが出て来るのを待つだけである。

四

暗い。かがんでいるだけで、身を隠していることになる。

「思い出すぜ、この感触」

伊佐治が低声《こごえ》でぽつりと言った。やくざ同士の喧嘩《けんか》で、暗闇に待伏せしたことがあるのだろう。低いながらも、はずんだ口調だった。

お紀美はなおも緊張しており、仁左は、

「兄弟《きょうでえ》、勇み足は困るぜ」

落ち着いた口調で返した。そのようすは、堅気《かたぎ》の素人《しろうと》とは思えない。

「わかってらあ」

伊佐治は返し、つい訊いた。

「仁左どん、相州屋の寄子になるめえは、なにをしてなすったい。俺や忠吾郎親分、おっとそうじゃねえ、旦那と、同業だったのかい」

仁左は返した。

「ふふふ、伊佐どん。おめえさんとはこれからも、長《なげ》えつき合いでいてえぜ」

余計なことを訊くなという意味だ。

「そうよなあ」

伊佐治は返し、やはり渡世の仁義で、それ以上は訊かなかった。

あとは、闇の中に沈黙がながれた。

かすかに、樹木のざわめきが聞こえる。

「なあ、感じねえかい」

仁左が、ポツリと言った。息だけの声だった。

「ん？　なにを」

「気配が」

問う伊佐治に、仁左はすこし離れた闇をあごで示した。

「うっ」

「しーっ」

伊佐治も感じ取ったか、うめき声を洩らしかけたのへ、仁左は叱声《しっせい》の息をかぶせ、お紀美の腕を取った。恐怖から立ち上がったり、声を出したりするのを防ぐためだった。

仁左と伊佐治は、一つの方向に神経を集中した。

（間違いない）

近くの闇の中に、数人が潜《ひそ》んでいる気配がする。
四、五間（七、八米《メートル》）は離れていようか、動くようすはない。
（こちらに気づいていない）

感じられる。

（何者）

わからない。

お紀美が身を硬直させているのが、このときはかえってさいわいだった。

「おっ」

仁左が低く声を洩らした。樹間の奥に、人の動きが感じられたのだ。

お紀美も含め、三人はさらに息を殺し、神経を樹間のほうへ戻した。

灯りが揺れはじめている。

「終わったな」

「そのようだ」

仁左と伊佐治が言ったのへ、

「これからですね」

お紀美がさきほどの緊張を解いたか、応じるように言い三人は闇の中にあとずさりした。

多くの提灯の灯りが樹間から出て来る。御殿山のときとおなじだ。ここでも、なにか悩み事などがないか、長十郎が問いかけたことであろう。

多くの提灯が揺れながら近づいて来る。

(はて)

と、仁左は気づいた。さきほどまで気になっていた、背後の闇の中の気配が消えているのだ。

(なんだったのだろう)

思うものの、いまはそれよりも樹間の灯りである。あらためて息を殺した。

提灯の群れが、三人のかがみこむすぐ前を通りはじめた。

聞こえる。

「お声は聞きましたぞ」

「そう、確かに」

「天女さまの御託宣で、胸のつかえもとれました」

「ありがたや、ありがたや」

興奮を乗せた口調で、それらは語っている。

その一群が過ぎ去り、灯りはまばらになり、やがて樹間に静寂が戻った。

三人は待った。

来た。

前後を、小田原提灯を提《さ》げた駕籠舁きが二人ずつ、警護のようについている。来たときとおなじだ。

「へい、足元。お気をつけなすって」

先頭の駕籠舁きの声だ。従者のように、巫女姿のお勢と侍烏帽子に直垂の長十郎に声をかけている。

杣道《そまみち》から出ると、駕籠舁きたちが樹間から二挺《ちょう》の駕籠を引っ張り出した。そこに置いていたのだろう。

(これは楽だぞ)

仁左も伊佐治も思った。

「行くぞ」

「あい」

仁左の低い声に、お紀美は腰を上げた。

夜道での尾行は、対手の提灯が目印になるが、角を曲がったときなど灯りを見失わないように、足元に気をつけ間合いを詰めなければならない。それだけ対手に気づかれやすく、かなり高度な技術がいる。

だが、駕籠を尾けることになった。駕籠舁きは、前棒も後棒も小田原提灯を担ぎ棒に吊るしている。対手は駕籠の中で、尾行する者が少しくらい石につまずいても、駕籠舁きのかけ声と足音にかき消される。昼夜を問わず、これほど尾けやすい対象はないのだ。

二挺の町駕籠は、人足のかけ声とともに樹林を離れ、表通りに向かった。仁左は足元に気をつけながら、駕籠に尾いた。提灯の灯りと駕籠舁きのかけ声が、まるで尾行者をいざなっているようだ。仁左のうしろに、お紀美と伊佐治がつづいている。

表通りがすぐ目の前だ。常店の灯りはすでに消え、通りは暗い巨大な空洞《くうどう》となっている。あのそば屋もすでにいない。空洞の中に見える灯りは、町駕籠二挺の小田原提灯のみである。

突然だった。

「うわっ」

前棒の悲鳴とともに小田原提灯の灯りが乱れた。

数人の影が闇からにじみ出た。

駕籠舁きたちはその場に尻もちをつき、

「あわわわっ」

驚愕の声とともに、身を防ぐように手を前に突き出した。

提灯は担ぎ棒に下がったままで、その灯りのなかに影たちの抜刀しているのが認められた。

「助《す》けるぞっ」

「おうっ」

叫び、背後に伊佐治の声を聞いたときには、仁左の身はもう灯りに向かって飛び出していた。
走りながら抜刀していた賊どもは不意に出て来た影に、
「ななな、なんだ！」
狼狽《ろうばい》し、明らかに動きが乱れた。
仁左は飛翔するなり、賊一人の直前をかすめ、
——キーン
抜き身の匕首が刀を叩き落とした。
その身は着地し、さらに他の一人の賊に向かい、匕首を逆手に身構えた。
同時だった。相応の手練《てだれ》者と思われる。
「何やつ！」
声は、駕籠の垂《たれ》をめくり顔をのぞかせた、侍烏帽子の長十郎だった。
もう一人の賊が刀を大上段に振りかぶった。
しかし次の瞬間、
「ううっ」
賊は振りかぶった刀を手から離し、
——カシャ

地に落ちる音とともに、右手で左の腕を押さえた。長十郎は提灯の灯りで、そこに手裏剣の刺さっているのを慥と見た。

さらにその視界へ、

「次はどいつかあっ」

叫びながら走りこみ手裏剣を頭上に振りかざした、着物を尻端折にした町人姿を見た。伊佐治だ。

駕籠を襲ったはずの賊どもは意表をつかれたうえに、尻もちをついたままの駕籠舁きたちが、

「ひーっ、人殺しーっ」

「辻斬りじゃーっ」

騒ぎ出したのでは、もう成す術《すべ》はない。

予期せぬ事態に、得体の知れない〝敵〟ほど恐ろしいものはない。しかも、大通りの常店に灯りが点《つ》きはじめている。

「引けいっ」

賊どもは声とともに向きを変えた。

「えいっ」

伊佐治がふたたび手裏剣を放った。

「うっ」

聞こえた。背に命中したようだ。

そのまま賊どもは、ある者は刀を落としたまま、ある者は仲間に支えられ、闇の中に紛れこんだ。

一人くらいなら捕えられたかもしれない。

しかしそれよりも、駕籠の安全である。

仁左は匕首を手にしたまま、

「さ、逃げなせえっ」

「かたじけないっ」

長十郎は闇に向かって声を投げ、

「さあ、なにをしている。駕籠をっ」

「へ、へいっ」

駕籠舁き人足たちは竹がはじけたように起き上がり、駕籠尻が地を離れ、逃げるように走りはじめた。

これをどうすべきか、迷うように棒立ちになり、遠ざかる小田原提灯の灯りを

見ている伊佐治にお紀美が駆け寄り、

「あとを！」

「うむ」

うながされ、ふたたび二挺の駕籠を追いはじめた。

まったく突然の、偶発といってよい事態だった。

その事態はまだつづいている。仁左の姿がない。闇のなかに、賊を追っているのだ。駕籠を尾けるのは、伊佐治とお紀美の二人になっている。

お紀美は仁左と伊佐治の、賊どもを圧倒した活劇を目の当《ま》たりにし、百倍の勇気を得たようだ。

二挺の町駕籠は、大通りから枝道に駆けこんだ。

おそらく巫女姿のお勢は、駕籠の中で身を硬直させていることだろう。

駕籠は暗い町場のなかを駆けて行く。裏手とあっては、居酒屋などがまだ暖簾とともに軒《のき》提灯を出している。だが伊佐治は、ふところの提灯に火を入れるいとまはなかった。

「あぁっ」

と、お紀美は幾度か石につまずき、ころげそうになった。

また曲がった。裏手にしては広い通りで、旅籠が数軒ならんでいるのが、建物の輪郭からわかる。

その中の一軒の前に駕籠は停まり、長十郎が駕籠から出るなり雨戸を激しく叩いた。音が響く。

すぐに潜《くぐ》り戸が開き、洩《も》れた灯りの中に二人の姿は吸いこまれた。宿では、二人の帰りを待っていたようだ。駕籠屋はすぐに走り去った。

暗くて看板の屋号が見えない。伊佐治は場所だけを確認し、きびすを返そうとした。

そこへ、

「おう、ここだったか」

と、闇のなかから声をかけたのは仁左だった。

「さっき、雨戸の音が聞こえ、駕籠が走り去るのが見えたでなあ」

「ふむ。場所は慥と見とどけたぜ。で、賊どもは」

「消えた。ふたたび襲って来るようすはない」

二人は低く交わしてその場を離れ、ようやく伊佐治が、

「すまねえ、火をくんねえ」

と、さっき通り過ぎた居酒屋で提灯の火をもらった。

手許に灯りが入ったことに、お紀美はホッとした表情になった。

「さあ、帰《けえ》るぜ。あしたが勝負だ」

「あい」

仁左が言ったのへお紀美は応えた。

三人の投宿している木賃宿は、そう遠くはなかった。

やはりいつでも自儘《じまま》に出入りできる木賃宿は、人を待たせておく必要もなく、こうした場合きわめて便利だ。

だが、となりの部屋とは板壁一枚で、畳などなく板敷きに莚《むしろ》で、三人が横になればもう足の踏み場もない。部屋には櫺子窓《れんじまど》があり、一応、人の寝泊まりできる造作にはなっている。

部屋に落ち着くなりお紀美が、

「さっき駕籠を襲ったの、いずれもお侍のように見えましたが、いったい」

「そう。武士だった。もし中野清茂か日啓の手の者だとすれば、敵方になにがあったか、あるいはお勢たちも中野屋敷に狙われる身なのか……。あしたになれば、はっきりとわかろうよ」

仁左は応えた。

お紀美は首をかしげた。

お勢と長十郎もいまごろ、襲って来た武士団には見当をつけながらも、

「救ってくれたあのお人らは……？」

やはり首をかしげていることだろう。

それにも増して、

（いったい、何者⁉）

と、恐怖のなかに疑念を募らせているのは、襲って撃退された武士団の面々だろう。夜陰《やいん》に襲えば、簡単に拉致《らち》できると思っていたはずだ。

三人は提灯の火を吹き消し、薄い布団《ふとん》をかぶった。

仁左と伊佐治はすぐに寝息を立てはじめたが、お紀美は、

（あしたには、いよいよ）

思えば、容易に眠れなかった。無理もない、お勢と長十郎の元に、正面切って乗り込もうというのだ。

# 五

翌朝、陽がかなり高くなってからだった。

三人は木賃宿を引き払った。

提灯は宿で借りたもので、荷物といえば、昨夜ものを言った仁左と伊佐治のふところの匕首と手裏剣だけである。

お勢と長十郎が襲われたところを救ったものの、まだ敵味方の区別はわからず、木賃宿を出るとき二人はそっとふところを腰切半纏の上からなでたものだった。

これからが本舞台なのだ。きのうはいわば物見《ものみ》と偶発的騒ぎの前座といえた。主役は、お紀美である。その心ノ臓は高鳴っている。

尾行で確認した旅籠には、〝紅葉屋《もみじや》〟との看板が出ていた。暖簾にも紅葉が描かれ、昨夜はわからなかったが、永代寺と八幡宮の門前を誇るような、大層な構えである。

仁左と伊佐治は周囲に注意を払った。

緊迫するような気配はない。

だが、お勢と長十郎は、まだ外のようすに神経を尖《とが》らせていることだろう。

「まあ、こんな立派なところに」

お紀美は思わず二階まで見上げた。

宿場町と違い、門前町では昼間でも参詣客の出入りがある。

「へい、ご免なすって」

と、仁左が紅葉柄の暖簾を頭で分け、三人は玄関の土間に立った。

出て来た女中が、

「お早いお着きで……」

言いかけた言葉を呑みこみ、

「あのー」

と、怪訝《けげん》な表情になった。

職人二人に、木綿《もめん》づくしの着物の若い女の組合せである。泊まり客にも、休息の部屋を所望《しょもう》する客にも見えない。

仁左が、身なりにふさわしい職人言葉で言った。

「すまねえ。見てのとおり、泊まり客じゃねえ。こちらに春日大社の巫女さんと青侍《あおざむらい》のお人が、草鞋を脱いでいなさろう。下総中山在の国者《くにもの》が、大事な用で参《め》ったと取次いでもらいてえ」

その言葉に女中は戸惑い、近くで口上を聞いていた番頭が、なんらかの強請《ゆすり》と思ったか、すぐさま進み出て寄付《よりつき》の板の間に端座し、

「なんでございましょう。春日大社といえば奈良でございます。下総中山のお人が国者とは解《げ》せませぬが」

当然の応対である。

昨夜の大通りでの活劇は、知らないようすだ。知っておれば、刺客がふたたびやって来たものと思われただろう。

仁左はすかさず、

「へへ、番頭さん。それが国者なんでござんすよう」

と、番頭の手を取った。

「うっ」

と、番頭は手の平に、なにやら冷たい感触を得た。商い柄か、それがなにかすぐわかった。一分金だ。由緒ある旅籠とはいえ、番頭への心づけが一分とは高額である。

さらにお紀美が、

「あたくしからも」

と、一歩進み出て女中の手を握った。ここにいたり度胸が据わったか、落ち着いた口調になっていた。女中は相好《そうごう》をくずした。一分金の四分の一にあたる、一朱金の感触を得たのだ。女中に対し、これも破格である。

三人は役割を決めている。

「ともかく、取次を」

小柄な伊佐治が、おだやかな口調で言った。

番頭は女中に、

「さあ、お取次だけでも」

「は、はい」

女中は腰を上げ、二階への階段を急ぐように駈け上がった。お勢たちの部屋は二階のようだ。

「あ、お客さま。そのまましばらくお待ちを」

と、女中は背に、番頭の慌てたような声を聞いた。

二階である。

女中は廊下から、

「下に、お客さまをお訪ねの方々がお見えですが」

「どなたでしょう」

ふすま越しに女の声が返って来た。いくらか緊張を乗せている。

「それが、下総中山の国者だと申されて」

「えっ」

女の驚いた声が聞こえ、

「私が見て参りましょう」

男の声がつづいた。

女中がふすまの内側に人の動く気配を感じたとき、

「ああ、お客さま」

と、仁左ら三人はすでにその背後に立っていた。番頭には一分金が効いたか、強くは止められず、三人におろおろとついて来ていた。

部屋の中から長十郎がふすまを開けようとしたときだった。

仁左がさきに開け、

「へへ、お勢さんに長十郎さんでやすね」

「えぇ！」

「なんと？」

部屋の中の二人は同時に声を上げた。旅籠ではどう名乗っているのか、いきなり本名を呼ばれたのだ。

お勢は朱の袴に水干《すいかん》の巫女姿で端座しており、立っている長十郎は直垂姿だった。昼間も怪しまれぬように、その姿でいるのだろう。

長十郎は思わず一歩退《しりぞ》いた。

それに合わせ、仁左はさらに一歩踏み入り、伊佐治もつづき、うしろ手でふすまを閉めた。

いまのところ、打合せた策のとおりに進んでいる。

廊下ではお紀美が番頭と女中に、

「しーっ」

唇に人差し指をあて、叱声を吐いた。

部屋の中から聞こえて来る。

「い、いったい、おまえたちは!?」

長十郎の声だ。

番頭と女中が、ふすまを開けようとした。

「なりませぬ」

ふたたびお紀美が叱声を吐き、中からお呼びを待つように、ふすまに向かって端座した。お紀美にとっては、命のかかった大舞台である。

番頭も女中も、座したお紀美の背後に、狼狽の態《てい》で立ったまま動けなくなった。

部屋の中には動きがあった。

昨夜のことがある。長十郎が身をひるがえすなり、壁際の刀立てにつつとすり寄り、身をかがめ刀を取ろうとしたのだ。しかし刹那《せつな》、

「うっ」

声を上げ、その動きが止まった。

「あっ」

お勢も声を上げ、端座の足を、のけぞるように崩した。

伊佐治の放った手裏剣が、長十郎の袖《そで》を畳に縫いつけたのだ。

言った。

「昨夜もこの技《わざ》、お見せいたしやしたぜ」

「なんと！」

「ならば、あなたがたは⁉」

ほとんど同時の、長十郎とお勢の声に、

「へえ、そういうこと。あっしらは、穏やかに話をしに来やしたので」

仁左が言いながら、お勢の前にあぐらを組み、

「へへ。あっしら、慮外者《りょがいもの》は黙って見過ごせねえもんで。つい、出しゃばった真似をしてしまいやした」

と、伊佐治も空手《からて》のまま、仁左の横へあぐらに腰を据えた。

落ち着き払った町人姿ふたりの言動に、

「うううっ」

長十郎はうめきながら手裏剣を畳から抜き、それを手にしたままお勢の横にあぐらを組み、お勢も足を端座に戻した。昨夜は助けられたが、警戒を解いてはいない。

廊下ではふすまの内側が静かになったことに、番頭と女中がホッと息をつき、お紀美はなおも端座していた。お紀美は本来、胆《はら》の据わった娘のようだ。

昨夜も現在《いま》も、すべてが不意打ちのせいか、部屋の中は仁左と伊佐治が完全に制している。

あらためて仁左が口上を述べた。

「えー、下総は中山在のお二方《ふたかた》へ。いけやせんぜ、天女なんざ。おっとそのめえに、廊下に番頭さんらがまだ控えていなさろう。おめえさま方のためだ。退《ひ》かせてくださいやし」

これからどのような話が飛び出すかわからない。洩れてまずいことは、お勢にも長十郎にも身に覚えがある。

二人は顔を見合わせ、

「番頭さん、まだおいででしたら、お引き取りを願わしゅう。当方に変事はありませぬゆえ」

「さ、さようでございますか」

お勢の声に番頭は返し、

「ならば」

と、そこにお紀美を残し、女中をうながして一、二度ふり返り階下に去った。

お紀美はまだふすまに向かい、端座したままである。聞き耳を立てている。

聞こえる。

仁左の声だ。

「奈良の春日大社を騙《かた》るたあ、神罰を畏《おそ》れぬ大罪じゃござんせんかい」

「ううう っ」

長十郎のうめき声だ。

対手を圧倒しているなかに、仁左はつづけた。

「声色の芸を天女の降臨などと、性質《たち》が悪うござんすぜ」

「さようなこと、いったい、なにを証拠に」

お勢はまだ観念していないようだ。

だが、警戒のなかにも、

（昨夜、危難を救ってくれた人たち）

との思いが錯綜《さくそう》する。

「さようですかい。ならば今宵、あっしらもふたたび八幡さんの境内に行き、天女さんと同時に声を出してみなせえ、と注文をつけやしょうかい」

声色でそれはできない。お紀美が仁左に語った策である。

「ううっ」

お勢はうめいた。

仁左はさらにつづけた。

「おっと。あっしらは、おめえさま方のまやかしを暴くのが目的じゃござんせん。ただ、そこまでやりなさる理由《わけ》を知りてえのでござんすよ。それによって、あっしらはおめえさま方の、敵にも味方にもなるのでございやすよ。昨夜のようなこともありやしたからねえ」

口調はおだやかだが、内容には凄《すご》みがあった。

「昨夜はかたじけのうござった。したが、そなたらはいったい?」

直垂姿の長十郎が逆問いを入れ、

「それよりも、わらわの天女の降臨をなにゆえ。さきほどそなたらは、国者などと言ったようですが?」

と、お勢にはそのほうが気になるようだった。

座に緊迫した空気はなく、いかなる結果になろうとも、話し合う雰囲気はできている。いずれの口調も、厳しいながらもおだやかだ。

「お勢さん、まだ降臨などとおっしゃるのですかい。ならば、こちらの種を明かしやしょうかい。紛《まご》うことなき国者なんでござんすよ」

仁左は言うと顔をふすまに向け、

「入りなせえ」

部屋にひと呼吸ばかりの緊張がながれ、ふすまが動いた。

どうなるか、仁左と伊佐治はあぐら居のまま心中に身構えた。

つぎの瞬間だった。

「お紀美ちゃん！　お紀美ちゃんじゃないの⁉」

お勢は膝立ちになり、そのまま数歩、にじり出た。

直垂姿の長十郎も、驚いたように腰を浮かせ、

「ほんとだ、お紀美だ。これはなんと！　国者じゃ。国者じゃ！」

声を上げた。

ふすまを開け、まだ端座のまま廊下にいるお紀美に、お勢はさらに膝を進めて手を取り、

「どうして、お紀美ちゃん。かようなところに⁉」

「さようじゃ。いつ江戸へ出て来た。して、このお人らは？」

お勢と長十郎は、つぎつぎと問いを浴びせかけた。しかもそこには、異土で国者に出会った懐かしさも乗せている。

お紀美は予想外のことに、お勢に手を取られたまま茫然《ぼうぜん》としている。この光景に驚いているのは、仁左と伊佐治も同様だった。

話が違う。二人とも、対決も覚悟して紅葉屋に乗りこんだのだ。

ところがどうだろう。お勢と長十郎が、中野家の代官所や日啓の智泉院に命じられ、お紀美を捕えに江戸へ出たのでないことだけは確かなようだ。

「あぁ、お勢さん」

と、お紀美はお勢にいざなわれ、引っ張られるように、部屋の中に膝を進めた。

## 六

二階を気にしていた旅籠の番頭は、部屋の静かさに安堵したか、さきほどの女中に物見も兼《か》ねてお茶を運ばせた。

部屋に入って来た女中に仁左は、

「さっきは強引ですまなかったなあ。ま、こういうことだ」

仁左と伊佐治、お紀美が、お勢、長十郎と行儀よく対座している。

「ご苦労さまです」

と、お勢も空になった盆に、さりげなく一朱金を置いた。

女中は安堵の笑みをたたえて一階に戻り、報告を受けた番頭はあらためて胸をなで下ろしたものだった。

部屋では、

「お勢さん、中野屋敷や智泉院に頼まれたのでは？」

「天女の芝居はいってえ、なんのため？」

「さっぱりわけが……」

と、お紀美も仁左も伊佐治も、なにからどう質問していいかわからない。

「お紀美ちゃんこそ、どうして江戸へ」

と、お勢も問い返し、双方ともまったく脳裡にまとまりを欠いている。

「ここはひとつ、お互いに順序立てて話しましょうかい」

と、仁左が行き倒れのお紀美を縁あって相州屋で助け、御殿山からすでにお勢たちを注視していたことを話した。

お勢は長十郎とうなずきを交わし、

「そうですか、御殿山のときから。お恥ずかしい限りです」

と、語りはじめた。

最初の言葉は、

「妹の郁から、文《ふみ》が届いたのです」

「えっ、お郁ちゃんから文？　お家にいたのでは⁉」

思わずお紀美が喙《くち》を容《い》れたのを、

「しっ。ともかく話を」

仁左が手で制した。

お紀美もお勢も、ともに相手の事情がまったくわかっていないようだ。仁左と伊佐治、長十郎たちにすればなおさらである。

あらためてお勢は語った。

一月《ひとつき》ほどまえのことである。中山法華経寺内の智泉院をとおして、お郁に中野屋敷へ奉公に上がらぬかと話があったという。

奉公の話が、中野家の代官所をとおしてであれば、それは領主からのお沙汰《さた》ということになる。抗《あらが》えない。泣く泣くお郁は代官所の役人に連れられ、江戸の中野屋敷に入った。本所亀戸村の屋敷である。

一月ほどを経て、両親宛てにお郁から文が来た。それも飛脚《ひきゃく》ではなく、小間物の行商人がそっと届けたのだった。そのことだけでも、屋敷内の者が外へつなぎを取るのに、どれだけ苦労するかを物語っている。

「ふむ」

と、仁左はうなずきを入れた。

お勢はつづけ、お紀美もさきを急かすような表情で聞き入っている。

文の冒頭には、

――早く　お願い　助けて
と、あった。ゆっくり書いたのではない。なぐり書きだった。寸刻《すんこく》を惜しみ、人目を忍んで書いたことは明らかだ。

その内容は、

「とうてい、わたくしの口からは」

お勢は絶句の態となった。

若い娘が助けを求めている。仁左にも伊佐治にも、さらにお紀美にも、およその内容は想像できた。長十郎はその内容を知っているのか、顔面蒼白になって両の拳をかすかに震わせていた。

「お郁の宿下がりを、中野家代官所や智泉院に願い出るなど愚《おろ》かであることは、在所の者は誰でも知っております。ならば手段は一つ、直接お江戸の中野屋敷に乗りこみ、助け出す以外にありませぬ。老いた父や母にはできませぬ。わたくしがやる以外に……」

お勢はここで大きく息をつぎ、ふたたび話しはじめた。

「そこで、中山法華経寺の寺侍だった長十郎さまにご相談申し上げ、一緒に村を出奔《しゅっぽん》したのでございます」

長十郎が寺侍であることは、仁左と伊佐治はお紀美から聞いていたから、さして驚かなかった。だが、一緒に村を出奔……。思わずお紀美を含め、三人はお勢と長十郎の顔を見た。

お勢はかすかに頬を赤らめ、長十郎が三人の視線を察し、応えた。

「さよう。俗世の言葉で申せば、駆落《かけお》ちと言ってもさしつかえない。これも、お勢どのの妹のお郁を救うため……」

「申しわけないことです」

「いや、私は嬉しいのです。お勢どのに頼られて」

三人を前に、二人の会話になった。

仁左がそこに入った。

「ならば、これでわかった。昨夜の賊は、中野屋敷の者ども」

「そ、そうに違いありませぬ」

長十郎が叫ぶように返し、

「そしておまえさま方は、お紀美のみならず、私らをもお救いくだされた！」

ひと膝さがり、

「かたじけなく……」

と、あらためて両の拳を畳についた。

突然だった。いまにも泣き出しそうな表情になっていたお紀美もまた、のけぞるようにひと膝飛び下がり、

「お勢さん、長十郎さま、申しわけ、申しわけありませぬ」

ひたいを畳にすりつけた。

お勢は驚き、

「お紀美ちゃん、いったい、どうしたの。さあ、顔を上げて。それに、お紀美ちゃん、なぜ江戸へ出て来て行き倒れなどに？」

「はい」

お紀美は顔を上げ、相州屋の奥の部屋で話したとおり、お紀美にも〝奉公〟の

声がかかり、それで江戸へ逃げて来てお勢と長十郎を見つけ、二人を代官所か智泉院のまわし者と誤解し、きょうのこの仕儀《しぎ》にいたったことを話した。

話し終えるのを待っていたようにお勢は、

「まあっ、お紀美ちゃんにまで！　それでわたくしたちを」

と、誤解されていたことを解し、あとは絶句した。

「卒爾《そつじ》ながら」

顔を上げた長十郎が言った。

仁左ら三人の視線は長十郎に集中した。

「在所で娘たちを集めるよう仕切っているのは、日啓ではなく、その長子の日源《にちげん》です」

「日源……初めて聞く名だな」

仁左がつぶやいた。日源は、お美代の方の弟ということにもなる。

長十郎は語った。

「中山では各村の娘で、容貌《きりよう》のいいのはいなくなりました。すべて智泉院と代官所を通じ、江戸の中野屋敷に連れて行かれ、残ったのはお郁とこのお紀美、それにお勢どのの三人のみとなりました。代官所もさすがに庄屋の娘たちであれば、手を出しにくかったのです。それがとうとうお郁まで。さらにはお紀美までも……」

長十郎は大きく息をついた。

その間合いを伊佐治が埋めた。仁左は止めなかった。仁左も知りたかった問いを、伊佐治は長十郎にかぶせたのだ。

「おめえさん、いやに詳しいじゃねえか。寺侍として、日源とやらを諫《いさ》めなかったのかい」

「はい。私は確かに法華経寺の寺侍で、それも智泉院の納所《なっしょ》（事務方）に与《あずか》っておりました。しかしながら……私には止めようがありませなんだ」

と、長十郎は語った。

「私は捨て子で、智泉院の山門に置かれていたそうです。その縁で、育ててくれたのが智泉院でした。しかし、日啓が智泉院の住職となってからです、寺が寺にあるまじき姿となったのは。父の威光に乗じて、日源は檀家のなかから娘を無理やり江戸の中野屋敷に連れて行き、村にそれが尽きると、いまでは江戸に出て、かつての日啓を倣《なら》って辻立《つじだ》ちするようになりました。仏法を借りて江戸の娘を巧《たく》みに騙し、亀戸村の屋敷に連れ去っているのです」

辻褄《つじつま》が合っている。それがいま江戸市中でうわさされている、若い娘ばかりを狙った拐《かどわ》かしのようだ。

その一人が、浅草田原町のおケイだった。だがおケイには新助という大工の亭主がいた。だからおケイは命がけで屋敷を逃げ出し、殺された。亭主の新助も……である。それらが一本の線につながった。

「だけど……それでなぜ天女の真似ごとを?」

お紀美が喙を容れると、

「お紀美ちゃん、聞いて! そちらの、お紀美ちゃんを、さらにわたくしたちを救ってくださったお二方《ふたかた》も。わたくしたちが天女の降臨をやることになったきっかけがあるのです」

と、お勢は哀願するように言った。

「長十郎さまと江戸に出て来て、なにはともあれ亀戸村の中野屋敷の内部を知ろうと、幾日も張りつづけました。中間《ちゅうげん》さんかお女中さんが出て来るのを待ち、呼びとめてようすを訊こうとしたのです。幾日目かに出て来ました。それこそが、騙されて屋敷に連れ込まれた人のようでした。逃げ出し、わたくしたちの目の前で斬り殺されたのです」

「助けようがなかった。女性《によしょう》は斬られて川に落ち……」

「なんと！　おケイが斬られたところに、おまえさま方、居合わせていなさったのか！」

驚愕の声を上げたのは仁左である。伊佐治もお紀美も驚きの表情になり、顔を見合わせた。さきほど一本の線につながった処々の事象が、さらに鮮明になったのだ。

「つづけてくだせえ」

仁左はお勢をうながした。

お勢はつづけた。

「はい。恐ろしくなり、それで、一計を案じました」

「どのように」

と、お紀美。

「日源は江戸で辻説法に立ち、祈禱師のまねごとをしております。ならばわたくしたちは天女の降臨をやろうと」

「なんのために」

と、伊佐治。

「まず、人々を集めて悩みを聞くことで、江戸での拐かしの糸口をつかむ目的がありました。それに、日源が悩みごとの相談と見せかけて娘を誘《おび》き寄せていることはわかっていましたので、日源よりも人々の関心を惹くやり方をすれば、拐かしを少しでも防げるかと……。そして、それを知れば日源は興味を持ち、わたくしたちに接触しようとするはずです。そこに、中野屋敷に入りこむ糸口を見つけようと。わたくしたちの素性を隠すため、西国より江戸へ下ったように……」

「それで奈良の春日大社で、品川の御殿山からかい。ま、坊主よりも天女のほうが、衆目を惹《ひ》くが」

と、仁左。

「さようなな。品川から深川に移るときも、中野屋敷の者がわたくしたちに目をつけていないか、つけているなら、相手よりさきに見つけようと。それで長十郎さまと前後に歩き、ときおり順番を替え……」

二人が札ノ辻を通ったときと掘割の橋を渡ったとき、前後が入れ替わっていたのは、やはりこのためのようだ。

「それほどまでに、わたくしたちは用心に用心を重ね……」

「あははは」

と、笑いごとではないが仁左は嗤《わら》い、

「浅知恵ですぜ、お二方さんよう。それで、中野屋敷からつなぎはありやしたかい。あったのは、ほれ、昨夜の闇討ちですぜ。向こうはとっくにおめえさん方の素性を調べ、引札も見たでやしょう。おそらく殺すのではなく、拉致しようとしたのでやしょう」

そのとおりである。

「うううっ」

長十郎はうめく以外になかった。

仁左はつづけた。

「おめえさま方、一歩でも中野屋敷に入《へえ》ってみなせえ。二度と出て来られやせんぜ。その見本を、おめえさん方すでに見なすったはずだ。あさはか過ぎまさあ。いまも中野屋敷じゃ、ここをすでにつきとめ、どこからか見張っているかもしれやせんぜ」

仁左の言葉に、お勢と長十郎が顔を見合わせたときだった。

いつの間にか、外では太陽が西の空にかたむきかけている。

廊下の足音がふすまの向こうで止まり、

「えー、お客さまへ」

番頭の声だった。

ふすまを開け、中に招じ入れた。

番頭は言った。

「いましがた、下にお侍さまとお坊さまがお見えになりまして」

部屋の一同に緊張が走った。

番頭はつづけた。巫女と寺侍への敬意もあろうが、一分金がまだ効いているようだ。

「手前どもに、天女を呼ぶ巫女さんがお泊まりかと、それだけをお確かめになり、お取次いたしましょうかと言うと、それには及ばぬ……」

と、すぐ帰ったという。

「どのような……」

長十郎が人相風体《にんそうふうてい》を訊こうとしたのをすかさず仁左は止め、

「それはご苦労さんでござんした」

と、また番頭の手に一分金を握らせた。

番頭はそれを知らせるためだけに来たようだ。

ホクホク顔で退散したあと、

「おめえさん、甘《あめ》えぜ。人相風体など訊いてみねえ。宿の者が不思議に思いまさあ。それでなくとも、おめえさんらはきわどいことをやっていなさるのだ。用心とは、こういうときにするもんですぜ」

仁左は叱責するように言い、さらに、

「いまのは中野屋敷の者に違《ちげ》えあるめえ。ひょっとしたら、日源と中野の代官所の者かもしれねえ」

可能性は高い。昨夜の差配は、間違いなくこやつらであったろう。

お勢と長十郎は、あらためて顔を見合わせ、お紀美は心配というより、恐怖に顔を引きつらせていた。中野屋敷に連れ込まれた女が逃げようとして斬殺され、その亭主までが口封じに、何者かに殺されているのだ。

舞台が、新たな段階に入ったことを、仁左は確信した。

# 四　本所中野屋敷

## 一

仁左らがお勢たちと、紅葉屋の二階で驚きの顔合わせをしたのは、富岡八幡宮の樹間で〝天女降臨〟を打つ二日目にあたる。

お勢と智泉院長十郎、それに仁左、伊佐治、お紀美の五人は、紅葉屋で陽のかたむくのを待った。

深川でのようすはすでに、紅葉屋の番頭に頼み、下男の一人を札ノ辻へ報せに走らせた。文《ふみ》ではない。口頭でわずかひと言だった。

――降臨に、合力いたす
それだけで相州屋忠吾郎はおよそを察し、

――恙《つつが》なく助《す》けるを乞《こ》う
との返事を、下男はこれまた口上で持ち帰った。

夕刻を待つまでのあいだ、お紀美はお勢たちに人宿の仕組を話し、忠吾郎の人物を語った。

伊佐治は、忠吾郎がかつて小田原で一家を張っていたことまでは話さなかったが、お紀美の語るのへ仁左とともに、しきりに肯是《こうぜ》のうなずきを入れた。

それを聞いて長十郎はさらに心を開いたか、語ったものである。

「私が中山法華経寺の智泉院を出奔したのは、お勢どののためだけではないのです。聞いていただけますか」

「聞きやしょう、さあ」

仁左が応じ、伊佐治もうなずいた。

長十郎は語った。仁左の挙措《きょそ》や伊佐治の手裏剣から、二人は職人姿だが只者ではないと看《み》たか、相応の言葉遣いになっている。

「法華経寺でも、日源の仏道に背《そむ》いた所業に気づく寺僧がおり、諫《いさ》めるお人も、日啓さまに苦言されたりする人もおいででした。それらを日源はこともあろうに、人を使嗾《しそう》し秘かに殺させたのです。私の知っている限りでも、法華経寺の寺僧が三人、智泉院の寺男《てらおとこ》（下働き）が一人です。なにゆえ私がそれを知っているか……。手を下したのは、私の朋輩《ほうばい》だったからです」

「えぇえ！　おめえさん、それを黙って見てたのかい⁉」

伊佐治が声を上げたのへ仁左が、

「ともかく、聞こう」

諫めるように言い、長十郎はつづけた。

「智泉院には寺侍が、私を入れて二人おり、その一人が、親類縁者の命をおびやかすと威《おど》され、日源に使嗾されたのです。なんとも憐れでした。その朋輩はおのれ自身を責め、智泉院の境内で焼身成仏いたしました。一部始終は朋輩が私に残した文で知るところとなりました」

「えぇえ！　だったらあのときの煙が⁉　三月《みつき》ほどまえの」

お紀美が思わず声を上げた。煙は村からも見えたようだ。

長十郎は語った。

「はい。日源は寺内の者すべてに口封じをし、真相は外に洩れず……」

と、あぐらの膝に置いた両の拳《こぶし》を、かすかに震わせた。

「さらに日源は、私に命じたのです。寺男を一人、埋めろ、と。墓守の、爺さんでした」

「それで?」

伊佐治がひと膝まえにすり出た。

「私が外道《げどう》に落ちるのを免《まぬが》れる道は、寺からの出奔しかありませんでした。そのようなときに、お勢どのからお郁のことで、相談があったのです」

「ふむ」

仁左はうなずき、

「日啓はどうしていたので? 智泉院の住持で、日源は息子じゃねえのですかい?」

「はい、そのとおりです。したが日啓さまは、中野清茂さまの元に行ったきりのことも多く、日源の所業を困ったことと認めながらも、黙認しておいでだったのです。法華経寺の寺僧たちも、日啓さまが中野清茂さまと組み、大奥まで帰依者を持っているという背景を思えば、なにも言えないのです。寺社奉行の松平宗発《むねあきら》さまなども、日啓さまと中野清茂さまの掌中《しょうちゅう》だとか」

「許せねえ」

伊佐治が声を絞り出した。

仁左は、落ち着いた口調で、

「長十郎さんの心中、解りやしたぜ。したが、出奔なすってなお〝智泉院〟を苗字代わりにしていなさる。なぜですかい。そこが解《げ》せやせんぜ」

「捨てることはできません」

「どうして」

仁左の問いに、長十郎は応《こた》えた。

「智泉院が悪いのではありません。智泉院は法華経寺とともに、私の命を救い、今日まで育ててくれたのです。智泉院が仏道を外しはじめたのは、日啓さまが権力欲に溺《おぼ》れたからです。日源がそれに輪をかけ、しかも悪行を俗世にまで押し広げ、衆生《しゅじょう》に害毒をながしはじめたのです。許せませぬ。ここで〝智泉院〟の名を捨てたのでは、仏道が外道に敗れたことになります」

(なにやら、一理あるような)

仁左には思え、

「出奔だけでなく、その日源と戦う意志もあるのでござんすね」

「もう、戦っております」

返したのはお勢だった。

伊佐治も言った。さきほどから、胸中にうずうずしていたことである。

「その手段に天女降臨ですかい。まあ、外道に喰いこむための方便なら、お天道さまも目を瞑《つむ》ってくれやしょうが、もういけやせんぜ」

誑《たぶら》かしなどといった言葉を、伊佐治は避けた。

お勢が応じた。

「わかっているのです、わかって……。わたくしが、長十郎さまにお願いしたのです。まやかしをやっているのは、わたくし一人なんです」

天女を騙《かた》るのは、お勢にも長十郎にも、当初から衆生への申しわけなさはあったようだ。

すると、仁左が言った。

「そのまやかし。今夜もやってもらいやすぜ」

「仁左どん、なんで?」

伊佐治の解せぬ表情が、仁左に向けられた。

お勢も長十郎もお紀美も、さらにそうだった。

仁左はゆっくりと応えた。

「今宵も天女を信じて来る人らには申しわけねえが、さっきもきのうの狼藉《ろうぜき》者の一味らしき二人が来たでやしょう。そうであるかどうか、さらにそれが誰であるか、確かめねばなりやせん。きょうを取りやめてみなせえ。やつらは、こっちがそれに気づいたと覚《さと》りやすぜ。あくまで俺たちが、なにも気づいていねえと思わせなきゃなりやせん。それで向こうの出方を待つのでさあ。それが当初の、おめえさま方のもくろみでもあったのでやしょう。なあに、あっしらがついていまさあ」

「なるほど」

と、伊佐治はうなずきを返した。

お勢は、

「そう、そうですが……」

仕方なくといった表情で言った。

二

その時刻が来た。

紅葉屋の番頭には、今宵とあるいはあしたも、仁左たち三人が一緒に投宿することを告げた。番頭は揉《も》み手《で》をし、女中は笑みをたたえた表情になった。

きのうとおなじ町駕籠が二挺、迎えに来た。

いかに狼藉者でも、目的が殺害にせよ拉致にせよ、明るいうちに襲うことはあるまい。

巫女と古風な武士が駕籠に乗り、紅葉屋の玄関前から離れるのを、仁左と伊佐治とお紀美が、二階から凝《じ》っと見ていた。

来ている。通りの角から墨染《すみぞめ》の僧形《そうぎよう》と武士姿が二人、宿から出て来るお勢たちを窺《うかが》い、駕籠が八幡宮に向かうと、そのあとに尾《つ》いた。間違いない。このような組合せはほかにはあるまい。番頭が言っていた二人だ。明らかにお勢たちを待伏せ、尾行している。

「どうだ、お紀美」

「どちらも背の高さは似ていますが、判りませせぬ」

仁左の問いに、お紀美は頼りなく応えた。無理もない。僧形は錫杖《しやくじよう》を手に饅《まん》頭笠《じゆうがさ》をかぶり、武士も編笠《あみがさ》をかぶっている。上からではなおさら顔は見えない。

仁左は、日中来た僧形は〝日源〟と、見通しを立てている。そこへお紀美は〝どちらも〟と言った。ということは、武士もお紀美には見覚えのある、中山代

官所の役人かもしれない。長十郎とお勢を追い、天女降臨のうわさを聞き、

(もしや)

と、探りを入れ、昨夜の凶行に及んだ……。お勢の声色遣いが在所で知られたものだったなら、智泉院や代官所の者が知っていてもおかしくない。

今宵も天女の降臨をするかどうか、その確認か……。なかなかに執念深い。

「よし、行くぞ」

「おう」

仁左に伊佐治が応じ、お紀美もつづいた。三人とも、きのうとおなじいで立ちである。

「帰りは巫女さんたちのあとになるかもしれねえ。雨戸、よろしく頼むぜ」

仁左と伊佐治は番頭に告げて飛び出し、お紀美は笠をかぶってそれにつづいた。行く先はわかっている。すぐに見つけた。

仁左と伊佐治の背後に、お紀美が隠れるようにつながっている。僧形が日源なら、先方もお紀美の顔を知っていることになる。

大通りに出て八幡宮に向かった。お紀美は笠の前を下げた。

駕籠だから僧形と武士には尾けやすいだろう。仁左たちにも尾けやすかった。

僧形と武士は前の駕籠に視線を釘づけ、背後にまったく注意を払っていない。

僧形が日源なら、すでに紅葉屋の玄関で、巫女がお勢で古風な侍が長十郎であることを見抜いているだろう。

「どうだ、あの歩き方にあの背丈」

仁左は背後のお紀美に質《ただ》したが、お紀美は、

「あい。似てはいますが、顔を見ないことには……」

まだ頼りない返事だった。これも仕方がない。二人とも笠をかぶったままで、しかも背後から追っているのだ。

八幡宮の境内に入った。

それからのお勢たちの動きは、きのうとおなじである。

駕籠を降りたお勢と長十郎を確認するように、すこし離れた所から、僧形と武士が見つめている。三人は参詣人に混じって、その僧形たちを凝視した。

(取れ、笠を!)

仁左と伊佐治は念じ、二人の肩のあいだからお紀美がのぞいている。

日の入りが迫っている。駕籠舁きに先導され、お勢と長十郎は樹間の道に入った。

僧形と武士は笠の前を手で上げ、巫女と直垂の侍が樹間に消えたのを見とどけると、そのままきびすを返し、互いにうなずきを交わした。

見えた。沈みかけた夕陽が、二人の顔に射したのだ。

「日源、垣井《かきい》さま！」

お紀美の、うめくような声だった。

僧形と武士は笠から手を下ろし、もと来た大通りに向かった。往来人の層が、寺社への参詣客から夜の遊び客に替わろうとしている。二人の帰る先はわかっている。尾ける必要はない。昨夜はいきなり襲撃しようとして失敗している。おなじ間違いはするまい。きょうは周囲に何者がついているかの物見だけであろう。

二人が亀戸村の中野屋敷に帰ったころは、もう日もとっぷり暮れているだろう。

大通りに向かう二人の背を見送りながら、

「間違《まちげ》えねえのだな、坊主は日源に」

「あい、確かに」

仁左が言ったのへ、お紀美は返し、

「もう一人、おめえ、カキイとかなんとか言ったぜ」

と、伊佐治。

それにも、お紀美は明言した。

「垣井俊介《しゆんすけ》、中山代官所のお役人です。あたしに、お江戸の中野屋敷に奉公せよと告げに来た人です」

浅草田原町で大工の新助を殺害したのも、昨夜〝引けいっ〟と命じたのも、この垣井俊介かもしれない。お紀美は両肩をすぼめ、両手で口を押さえ、震《ふる》えはじめた。垣井俊介は、出奔したお紀美も捜しているかもしれないのだ。

三人は〝天女降臨〟が終わるまで、きのうとおなじ林の外に残った。ふた晩つづけておなじ手は出すまいが、完全には払拭《ふっしょく》できない。念のための警戒である。興行の終わるまで異変はなく、暗闇に昨夜のような気配も感じられず、きょう出て来たのは、日源と垣井俊介の二人だけだったようだ。あるいは見物人のなかに一人くらいは紛れこんでいたかもしれないが、それも物見の域は出なかったようだ。

樹間から、提灯の灯りがぞろぞろと出て来た。

「残念じゃなあ。あした喜捨し、願い事をしようと思うておったに」

「ほんと、せめてもう一日」

と、口々に言っているのが聞こえた。

仁左も伊佐治もお紀美も、首をかしげた。

きょうの最後に、幔幕のまわりに集まった衆生は聞いたのだ。巫女と天女は確かに言葉を交わしていた。

「──人間の願いをあまた聞き、わらわはもう疲れました。しばしは天より降ることは叶《かな》わぬぞえ」

「──ああ、それなら仕方ありませぬ。わたくしが紙垂《しで》で天に合図を送り、お呼びするのはきょうを最後にいたしまする」

「──おお、そうしてくだされ」

と、また老女の声。

幔幕の外には、

「──えぇえ」

と、どよめきが起こった。きょうを限りに、もう降臨のないことを、お勢は声色を使って人々に告げたのだ。

帰り、三人は駕籠二挺のいくらかうしろに尾いた。怪しい人影が、駕籠のまわりに徘徊《はいかい》することはなかった。

紅葉屋に戻ってから、お勢は袴《はかま》を脱ぎ捨て、言ったものだった。

「これ以上、方便とはいえ人々を騙《だま》しつづけることに耐えられません」

「私も、幕の外で聞いたときは驚いたが、これでなにやらホッといたした」

長十郎が、疲れた表情でつないだ。

「ほおう、それでこそ人の子だぜ」

と、伊佐治は応じ、行灯の灯りのなかに、仁左へ視線を向けた。

「さようですかい。わかりやした」

と、仁左もお紀美にうなずきを見せた。

「伊佐どんよ」

「おう」

仁左が語りかけたのへ伊佐治は応じた。

「おめえが日源か垣井俊介なら、あしたはどう動くよ」

「そりゃあおめえ、きのうの失策《しくじり》を踏まえ、きょうはお勢さんと長十郎さんが二人になるのは、天女降臨が始まるまえか、終わったすぐあとと見きわめたはずでさあ。あしたはそのどちらかのときに人数をくり出し、林の中で襲わあ。駕籠舁きもろともよ。見ている者はいねえ」

「それは俺も考えたさ。だが、そいつはあした興行があった場合のことだろう。そのあしたはないのだぜ」

「それよなあ。そこがもぬけの殻《から》となりゃあ、そうさなあ。この紅葉屋を問い質《ただ》し、足取りを追う以外《いげえ》あるめえ。それも人数をくり出してよ」

「そう、そこよ。俺もそれを考えたところさ。やつら、お勢さんと長十郎さんに逃げられたと覚《さと》り、あらためて探索の手を広げやしょう」

仁左は返し、薄暗いなかに視線をお勢と長十郎に向けた。

二人は緊張したように身じろぎした。

お紀美が心配げに見つめている。

仁左は言った。

「どうだい、酷なようだが、妹さんを救い出すのはすこしあとにして、おめえさん方のほうが身を隠さなきゃならねえ。さいわい、やつらはあした興行がないことをまだ知らねえはずだ。知っていたとしても、きょうはもう遅うござんす。あしたの朝早くならまだ間に合いまさあ。ここを出やしょう。かくまってくれる所ならありまさあ」

「相州屋さんですね」

お紀美が安堵の声を入れた。

三

おなじ日である。

仁左に伊佐治やお勢らが、まだ紅葉屋の二階で話していたころだった。

金杉橋の浜久で、相州屋忠吾郎こと忠次と、北町奉行の榊原忠之が、ひたいを寄せ合っていた。いつもの奥の部屋で手前が空き部屋にされ、このときも遊び人姿の染谷結之助が同座していた。

染谷はこの場に仁左と伊佐治のいないのを残念がっていた。

「さあ染谷、話せ。相州屋に話すということは、あの二人に話すのもおなじだ」

「はっ、しからば」

忠之にうながされ、染谷は隠密の遊び人姿で背筋を正し、

「浅草田原町の一件、聞き込みを入れました結果、睨んだとおり、殺しに違いありません」

と、武士口調で語りはじめた。

亭主の新助が女房おケイの骨を持ち帰り、長屋でかたちばかりの通夜《つや》をして、四日ほど経った日の早朝、

「いつも閉めているはずの長屋の木戸に、閂《かんぬき》がかかっていなかったそうです」

「つまり、誰かが深夜に出入りした？」

「はい。しかも木戸に血が付着していた、と。木戸の開け閉めをする月番が魚屋だったもので、魚をさばいたときの血がついて、しかも木戸を閉め忘れたのだろう、と長屋の住人たちは解釈し、深くは考えなかったことを、岡っ引の玄八が聞き込みました」

玄八は、そば屋の屋台を担いで田原町をながしたという。

「魚屋はそばを手繰《たぐ》りながら、自分がそんな粗相《そそう》をするはずがない、と語気を強めたとのことでございます。木戸も、ちゃんと閉めた、と」

「つまり、深夜に長屋の住人以外の者が出入りしたか」

「そのとおりでございます。町人が自分で喉をかき切るなど、できるものではありません。腕に覚えのある者なら、二、三人で組めば音も立てずにそうした体裁を繕《つくろ》うことは不可能ではありません」

「ふむ」

忠吾郎はうなずいた。あとは説明を聞かなくてもわかる。

長屋の路地に入るときは木戸を乗り越え、帰るときはひと息でも早くと焦《あせ》り、木戸は閉めたものの内側から閂をかけて、また乗り越える手間をはぶいたのだろう。月番がつい晩酌《ばんしゃく》をしたときなど、木戸は閉めても閂をかけ忘れるのは珍しいことではなく、その日も、

「――あれれ、また忘れて」

と、住人たちはそれで済ませたようだ。岡っ引の聞き込みでしか得られない、つい日常のことである。

「自身番に報せるまえに、住人たちが死体を動かし、丁寧に寝かせてしまっていたのが、かえすがえすも残念です」

染谷は悔しがった。死体のようすを見れば、傷の角度や深さなどから、自然のものかお膳立《ぜんだ》てされたものかは判るものだ。住人にすれば、殺しなど思いも寄らないことだったろうから、責めても仕方のないことだ。

「それに、新助は通夜の後、長屋の住人たちにこんなことを言っていたそうです」

「新助が何と？」

「おケイは拐かされた上に殺されたんだ。このままじゃとうてい浮かばれねえ。背中をばっさり斬られてたから、侍の仕業に決まってる。殺った奴《やや》を挙げるように、俺は御船手組に直談判《じかだんぱん》してやる、と」

「そうか、やはりな……」

忠吾郎が危惧《きぐ》した通り、新助は御船手組がおケイの死を有耶無耶《うやむや》にしようとしていることに勘づいたのだ。

「しかし、いずれかの手の者が、新助が余計なことを言わないか、見張っていたとすれば……」

「これ以上騒がれちゃたまらねえ。早々に口を封じることにしたってわけだ」

忠吾郎の言葉に、二人も無言でうなずきを返した。

「儂《わし》はのう、忠次よ」

忠之は忠吾郎に視線を据えた。

「染谷や玄八の努力を是《ぜ》とするぞ」

「ふふふ。大工の新助は自害などではなく、殺された。それも、中野屋敷の者に……」

「さよう。それだけではない。若い女の拐かしの尻尾《しっぽ》も、染谷と玄八がつかんでくれた。その手順もなあ。すべて一連の事件だ。さあ、染谷」

「はっ」

染谷はふたたび語りはじめた。

そば屋の玄八が、ようやく神田明神下で寺男二人を随《したが》えた辻説法の僧侶を見つけた。遊び人姿の染谷も駈けつけ、そばを手繰りながら張った。うわさに聞いていたとおり、身の上相談をした娘を一人ともない、いずれかに向かいはじめた。

尾けた。隠密廻り同心とその岡っ引である。手慣れたもので、二人はときおり前後を入れ替わった。しかも玄八はそば屋の屋台を担ぎ染谷は遊び人風で、町の景色に溶けこんでいる。

僧侶たちと娘の一行が向かったのは、川向こうの本所ではあったが、亀戸村の中野屋敷ではなかった。

娘はしずしずと随い、大川の吾妻橋《あずまばし》を渡った。娘は着物の柄には珍しい、薄い黄緑色の地に濃い深緑色の草模様の着物を着ていた。生地《きじ》は木綿《もめん》のようだ。顔はうしろ姿だけで見えなかったが、着物の柄は二人とも慥《しか》と覚えた。

渡ってから武家地や町場を東へ八丁（およそ九百米《メートル》）も進めば、横川《よこかわ》に架かる業平橋《なりひらばし》に出る。

平安《へいあん》時代の六歌仙《ろっかせん》の一人、在原業平《ありわらのなりひら》が生涯を終えた地との言い伝えがあり、それが橋の名になったという。欄干《らんかん》を備えた、長さ七間（およそ十二米）に幅二間（およそ四米）の橋である。

神田明神下からだから、かなり歩いたことになる。そのあいだ、僧侶と娘はずっと話をしていた。歩きながらも僧侶は、娘から身の上相談を受けていたのだろう。

「相手に警戒心を持たせない、話し上手な僧侶と見受けました」

染谷は言う。

一行は業平橋を渡った。

さすがにここまで来れば、相手が僧侶とはいえ、心配になったのだろう。娘が僧侶になにか言ったようだ。僧侶は立ち止まり、前方を指した。

「――ほれ、そこじゃ」

と、言ったように感じられた。

そのとおりだった。

業平橋を渡れば、遠江《とおとうみ》横須賀《よこすか》藩《はん》三万五千石で、西尾《にしお》家の下屋敷があり、周囲は百姓地となっている。その西尾家の下屋敷と道一筋を挟み、武家屋敷かお寺か一見区別のつかない門構えの家屋がある。大名屋敷のように広大ではないが、それでも周囲は白壁で五、六百石くらいの旗本屋敷ほどの広さはあるようだ。まわりが畑地であるため、たいそう立派に見えるが、向かいの横須賀藩の下屋敷が、この屋敷を目立たないものにしている。

一行はその門前に立ち止まり、上に掛かっている扁額《へんがく》を見上げてから門内に入った。

（——はて）

染谷は首をかしげた。これまで染谷も玄八も、そこに屋敷の建っていることは知っていても、意識したことはなかった。周辺が百姓地であれば、てっきり横須賀藩下屋敷の一部と思っていたのだ。

染谷が首をかしげたのは、そのためだった。大名屋敷も旗本屋敷も、武家屋敷は門札など掲げていない。まして扁額となれば、お寺か神社だ。

二人はさりげなく近づいた。

「それがなんと、扁額には〝日蓮《にちれん》宗智泉院江戸分院〟とあったのです」

「なんだって」

忠吾郎は思わず問い返した。日啓は中野屋敷だけでなく、みずからの江戸での足場も持っていたことになる。

しかも業平橋の架かる横川は、人工の掘割で南北に一直線に流れ、橋から南へ十六丁（およそ一・八粁）ほども進めば、大川へ通じる竪川に流れこんでいる。どちらも掘割で、横川は竪川の支流となろうか。その竪川のすぐ近くが四ツ目橋である。中野屋敷のある亀戸村は近い。

すなわち日啓は、中野屋敷から遠くもなくすぐ近くでもない、ほどよい所に足場を築いていたのだ。

「玄八と分担し、さっそく聞き込みを入れました」

染谷は言うが、繁華な町場ではない。大名屋敷と百姓地なら、人通りなどほとんどない。橋のたもとだから、ときおり通る者もいるが、そこにある家屋についての聞き込みなど、土地者でなければわからない。

家屋の近辺を担当した玄八が、たまたま業平橋を渡って来て下屋敷に入ろうとした中間《ちゅうげん》を呼びとめ、そばを一杯おごるから、屋敷内でそば屋が来ていると宣伝してくれとの名目をこしらえた。

中間は喜び、そばを手繰りながら応えた。

「――向かいの智泉院？　そういやあ、そんな額がかかっているなあ。どうりで武士だけじゃなく、坊主もときおり出入りしているはずだ。ああ、当家とはなんの係り合いもねえぜ」

　重要な証言だ。僧侶だけでなく、武士の出入りもある。おそらく中野屋敷の家臣だろう。

　遊び人姿の染谷は、畑地に出ている百姓衆に、人を訪ねるふりをこしらえ、智泉院の分院にも触れた。

「――そんな額が掛かったのは二、三年めえだで。そこの坊さんが托鉢《たくはつ》にまわって来ることなんかありゃしねえ」

「――ずっとめえ、お布施《ふせ》のつもりで野菜を持って行っただよ。墓場はねえし、近くに檀家もねえ。在所の者で、係り合いのある家などねえだよ」

　と、百姓衆は、智泉院の本院がどこのお寺かも知らなかった。

　それらの報告に忠吾郎はうなずき、お紀美の話を披露し、いま仁左と伊佐治がそのお紀美をともない、天女降臨の探索に出向いていることを明かした。

　忠之と染谷は、期待を込めてうなずいた。

　双方の話から導き出されるのは、中野屋敷と智泉院とで中野家の拝領地の若い女を漁《あさ》り、江戸ではその拠点が業平橋の分院であるということだった。

お紀美は在所で、〃中野屋敷での奉公を〃と言われた。在所の者は直接、中野屋敷に送りこまれ、江戸者は業平橋の分院に一度軟禁され、そこから中野屋敷に送りこまれる。分院が橋を渡ってすぐの所なら、土地の者の目に触れることもなく、横川と竪川を舟で運べば、さらに人目につくこともない。

それらの女たちがどのような扱いを受けているか、浅草田原町のおケイの斬殺からおよその見当はつくが、仁左たちがお勢と智泉院長十郎を、相州屋に連れ帰って来れば、さらに鮮明となるだろう。

浜久での談合の最後で、

「相手方のようすを探るためとはいえ、目の前で連れ去られる町娘を見殺しにしなければならなかったこと、断腸《だんちょう》の思いでございました。助け出すおりには、あの娘をまっさきに」

染谷は言った。

# 四

部屋の中はまだ行灯《あんどん》の灯りが必要だった。

夜明け前である。仁左らは出立《しゅったつ》の用意にかかっている。

女中に見送られ、紅葉屋を出たのは、東の空がようやく白みはじめたころだった。旅籠の朝は早いとはいえ、まだ雨戸は開いておらず、潜り戸から出た。

「目立たぬよう、世を忍ぶ姿ゆえのう」

と、女中にも番頭にも告げ、長十郎は二本差の武士姿だが直垂など古風な扮《こしら》えではなく、お勢はお紀美とおなじ町娘になっていた。

衣装や幔幕をまとめた風呂敷包みは、職人姿の仁左と伊佐治が背負った。二人とも荷を背負い、天秤棒《てんびんぼう》を担ぐのは、日ごろの商いで慣れている。

永代橋を渡ったころ、ようやく日の出を迎えた。すでに朝の棒手振《ぼてふり》や大八車が出ていた。

人宿の仕事とあるじ忠吾郎の気風《きっぷ》などは、お勢も長十郎も、すでにお紀美から幾度も聞かされている。

両国広小路の近くで二手に分かれ、日本橋でまた一つになり、東海道に入ってからもときおり前後が入れ替わったが、尾行の気配はまったくなかった。

この用心深さに長十郎などは、

「もしやあなた方、その道に長《た》けたお人たちなのでは?」

と、問いを入れた。

「あはは。相州屋の旦那に従っていると、ついこうなるのでさあ」

「そう。あの旦那の男気には、あっしらもぞっこんでやしてねえ」

仁左が笑いながら応えたのへ伊佐治がつづけ、

「そう。そうなんですよ」

お紀美もまた言った。

長十郎とお勢の表情に、紅葉屋を出たときの緊張が消えていた。

その一行が札ノ辻に入り、

「あらーっ、これまでどこに! 心配していたのにいっ」

と、お沙世が縁台のあいだから飛び出て来たのは、陽がまだ東の空にそう高くない時分だった。すかさず、町娘姿のお勢と武士姿の長十郎を見て、

「えっ、この人たち? 一緒に!?」

「ああ。そういうことだ」

気づいたお沙世に仁左が応えると、重大事件でも起こったように、

「旦那さまア！」

空《から》の盆を手に、相州屋の玄関に飛びこんだ。


裏庭に面した部屋に、一同が円座を組んでいる。そのなかに、最初から係り合っていたように、お沙世もいる。そこに、お勢たちが天女降臨のまやかしを打たなければならなかった理由と、これまでの経緯が話された。

お沙世は、お勢と長十郎が〝敵〟ではなく、お仲間だったことに驚きの声を上げ、忠吾郎も、

「これですべてがつながったな」

と、達磨《だるま》顔の双眸《そうぼう》をギョロリと動かし、

「実はきのう、呉服橋の大旦那と染どんと会ってなあ」

と、浜久での談合の内容を披露した。

「えぇえ、智泉院の分院が江戸に！」

声を上げたのは長十郎だった。智泉院の寺侍で納所《なっしょ》もしていた長十郎が、江戸

に分院のあることを知らなかった。在所では伏せられていたようだ。お勢もお紀美も驚きの声を上げた。つまり、業平橋の分院は、寺と無関係の仕事をしていることになる。本所の百姓衆が、墓も檀家もないと言ったはずである。

「ということは、分院とやらは娘たちを捕まえておくために……許せない！」

お沙世はますますいきり立ち、

「だからだ」

と、忠吾郎はすでに向後《こうご》への決断をしていた。

染谷結之助と玄八が相州屋に呼ばれたのは、その日の夕刻近くだった。染谷は遊び人姿で、玄八はそば屋の屋台を裏庭に置いた。

六人でも満杯であった部屋で、さらにこの二人が加わり、狭苦しく感じられた。それだけ部屋に張られた緊張の糸も、切迫したものとなった。なにしろ染谷と玄八の目の前で、新たな娘がまた一人、業平橋の分院に連れこまれたのだ。おそらく娘はきのうのうちか、それともきょう、舟で亀戸村の中野屋敷に運ばれたことだろう。

これにはお沙世が、

「拐かしを目の前に、助けなかったのですか！」

染谷と玄八を詰《なじ》った。

二人に言葉はなく、忠吾郎がすかさず、

「お沙世よ。おまえの気持ちはわかるが、染と玄八が見逃したからこそ、これからの策が立てられるのだ」

諭《さと》すように言ったものだった。

まだ不満顔のお沙世はそのままに、それぞれの役割を定め、そろそろ日の入りを迎える時分になった。

染谷と玄八が引き揚げるとき、玄関口で忠吾郎は玄八に言った。

「呉服橋の大旦那は言ってなかったかい。業平橋に連れこまれたのは、どこの娘か調べておけ、と」

「へえ、言われるまでもなく、当たってみやした。ですが、どうしてもはっきりとは判らねえので。坊主が辻説法をやっていた神田明神下で、容貌《きりよう》のいい年ごろの娘はいねえかと当たってみやすと、界隈の太物《ふともの》屋の娘がけっこう見栄えがするそうで」

「したが、その太物屋から自身番に、それらしい届けは出ていねえので」

染谷が補足するようにつないだ。

「若い娘のことだ。親としては伏せておきたい気持ちもわかるのだがなあ」

「ともかく、早く決着をつけねばなりやせん」

忠吾郎が嘆息するように言ったのへ、染谷は返した。


それとおなじ時分だった。

庭の樹々が夕陽を受け、白い障子がほのかな朱に染まりはじめた座敷の中で、日啓と日源の父子が膝をまじえていた。

亀戸村の中野屋敷の奥座敷である。

「話がある」

と、日啓が日源を呼んだのだ。二人とも墨染を着こんでいる。武家屋敷で僧形を見るのは法事のときくらいだが、ここ中野屋敷ではそれが日常となっている。あるじの清茂と日啓の、一心同体となっているようすは、家中どころか柳営（幕府）でも公然となっているのだ。

父子は人を遠ざけている。

日啓は渋面《じゅうめん》をこしらえていた。

「もうよせと言うておるに、またやったのう。昼間、業平橋の手の者が舟で送りこんで来た町娘、放心状態じゃったが、おまえがまたひと晩中、責め立てたのであろうが。可哀相に」

「可哀相にとは父上らしくもない。あの娘にも、旗本の妾として絹の布団に寝られる、けっこうな生活《たつき》が待っております。その奉公のしようを教えたまで」

「馬鹿者」

日啓は言ったが、強い口調ではない。

そのままつづけた。

「おまえがさようにせずとも、すでに大奥ではお美代が根まわしをし、幕閣では清茂さまが、抗《あらが》おうとする者を一つひとつ潰《つぶ》しておいでじゃ。間もなくお江戸のいずれかに、寛永寺《かんえいじ》や増上寺に匹敵する寺を建立《こんりゅう》し、わしが座主《ざす》に収まってのち、おまえに譲ってやろうほどに」

「あははは、父上。期待しておりますぞ。したが、そうなりました暁《あかつき》に、姉上に恩着せがましく振るまわれたのでは、私の立つ瀬がありませぬ。姉上といっても、腹違いでありまするからなあ。そのためにも私自身の力で、やがて有力となる旗本たちをわが掌中《しょうちゅう》に収め、寺院建立のおりには相応の寄進を集め、姉上の容喙《ようかい》する余地をすこしでも減らしておくためにも……」

「したがなあ、日源よ」

「はっ」

「在所はともかく、江戸市中においてまでも、まずいぞ」

「と申されますと?」

「いまは町奉行所が動かぬよう、清茂さまが目付や若年寄たちを抑えておいでだが、限度というものがあるぞ」

「あはは、父上。そのための僧形であり、業平橋の分院ではありませぬか。智泉院分院の扁額を出している以上、町奉行所は手も足も出せませぬ。寺社奉行の松平宗発さまは、すでに清茂さまの掌中のお方、父上はそう言っておいでだったではありませぬか」

「言うた。じゃがのう、手水《ちようず》の水も、どこからどう洩れるやもしれぬ。大概《たいがい》にするのだ。清茂さまもなあ、これ以上、当屋敷を置屋《おきや》のように使われては困るとおっしゃっておいでなのだ」

「はははは。置屋とはうまいことを申されまする。まさにそのとおり。はいはい、自制いたしまする。いまこの置屋に置いている娘どもの行き先を決めれば、あとはしばらくおとなしゅうしておきましょう。父上に倣《なら》い、もうかなりの成果を上げましたゆえなあ。はははは」

「これ、声が高い」

日啓は日源をたしなめた。

陽はいつの間にか沈み、部屋の中は薄暗くなりはじめていた。

「あははは、父上。私は、父上の教えを存分に実践しておるのですぞ」

と、日源は愉快そうに部屋を辞した。

「ふーっ」

一人残った日啓はつぶやいた。

「弟の日尚《にっしょう》は、おとなしい子じゃのになあ。どうしてこうも異なる。これも、腹違いのゆえかのう」

日啓にはお美代の下に息子二人がいるが、いずれも腹違いの姉と長男、弟である。

このとき、日啓から富岡八幡宮での失態に対する苦言は出なかった。ということは、日源は知られて都合の悪いことは、日啓には話していない……。

さらに日啓は、日源の去った廊下に視線を向けたまま嘆息した。

「身を滅ぼすようなことをしなければいいのだが」

と、渋面になっていた。

五

翌朝の井戸端である。

「ありゃあ、きのう、となりの長屋に人が増えたと思うたら、あんたらだったかね」

「これはまた、若い涼しげなお侍さんに娘さん。お紀美ちゃんのときとは違い、行き倒れたようには見えないがね」

太めで丸顔のおクマと、細めで面長のおトラが口をそろえた。

「ああ。俺から話そう」

仁左が手桶《ておけ》を持ったまま、二人を隠すように一歩前に出た。

「きのうよ、商いの途中にこのお二人さんから、どこか安い宿屋はないか、どんなところでもいいからと相談されてなあ。それで、ここへ連れて来たのさ」

きのうの顔合わせのとき、おクマとおトラから訊かれたときの返答は、打合せていなかった。とっさに仁左は言ったのだ。

「そう、そういうこと」

　伊佐治も助け船を出すように言ったが、おクマとおトラはこの二人が、御殿山での巫女と古風な侍だったことに気づいていないようだ。そればかりか、遠慮のないおクマが、

「相談？　あ、わかった。お二人さん、駆落ちだ」

「それでここへ。仁さんらしいよう、かくまおうなんて」

おトラがつづけ、さらに、

「それじゃあたしらも……」

「そう、黙っておくよ。でも、旦那さまにはねえ」

言ったのへ、

「はい。もう話しまして。ほんとうに、親切なお人で」

お勢が受けた。

あとはなにごともなかったように、朝の井戸端の時間はながれた。

おクマとおトラが商いに出る支度をし、仁左と伊佐治も、いつもの羅宇屋と竹馬の姿をととのえた。お紀美はすでに向かいの茶店に入っている。

四人を見送りに、お勢と長十郎がおもてに出た。

忠吾郎も出ていた。

「おう、おめえさんら二人はしばらく、奥に入っていねえ。追っ手が出ているかもしれねえのだろう」

お勢と長十郎を、路地へ押し戻す仕草をした。

「そう。それがいいよ」

「そうしな、そうしな」

声をそろえたのは、おクマとおトラである。

いずれも二人を駆落ち者と信じている。これで婆さんたちはどこへ行っても、涼しげな男女二人が相州屋の寄子宿に入っていることは口にせず、日源と垣井俊介が近くまで来ても、気づくことはないだろう。

こうしてお勢と長十郎は、相州屋の寄子宿に潜むことになったが、それはこれからの出番を待っているお沙世も含め、

——待機
と言うべきものであった。

きのう、染谷結之助と玄八を含め、立てた策は二案であった。一つは亀戸村と業平橋のいずれか一方へ集中し、

「――打込む」

もう一つは、両方へ時を移さずして仕掛けることだった。

いずれを実行するか、

「――これからの進捗《しんちょく》次第だなあ」

忠吾郎は言っていた。

いずれになるにせよ、お勢と長十郎、お沙世の待機は必要である。

「――あたしも」

お紀美は言ったが、

「――なにごともないように、お沙世に代わって茶店の仕事をしているのも、重要な役務だぞ」

忠吾郎に言われ、承知せざるを得なかった。

策は進んでいる。

その日の太陽がまだ東の空にあるころ、仁左は羅宇屋の道具箱を背に本所亀戸村の中野屋敷の裏門へ、

「へい、門番さんへ。お初に、羅宇屋でございます」

声を入れ、伊佐治は屋敷と竪川に沿った町場とのあいだに、古着の竹馬を据えていた。

屋敷内のようすを探ろうというのだ。もちろん、お勢と長十郎が見張っていたときのように、中から逃げ出す女がいたなら、

「――救う」

このため、竪川の四ツ目橋の舟寄せ場には、猪牙舟《ちよきぶね》一艘を手配している。生きて救出すれば、これほど内部を知る生き証人はいないのだ。

きのうが職人姿だったため、きょうは二人とも単《ひとえ》の着物を尻端折《しりつぱしより》にし、手拭を吉原かぶりにしている。伊佐治は手裏剣をふところにしているが、二人とも脇差は持っていない。

「――なあに、イザとなれば、相手から奪ってみせまさあ」

仁左も伊佐治も忠吾郎に言ったものである。

一方、業平橋のたもとでは、

「へい、いらっしゃいませ」

と、玄八がそば屋の屋台を据え、ときおり通る往来人に声をかけ、脇差を帯び

た遊び人姿の染谷が、西尾家下屋敷と智泉院分院とのあいだの往還を行きつ戻りつし、客となってはそばを手繰ってもいた。

辻説法の一行が分院から出て来るのを待っているのだ。いずれかで辻説法を始めれば、すぐさま染谷が札ノ辻へお沙世を呼びに走る。

お沙世は、

「――お紀美ちゃんもお勢さんも、向こうに顔が知られております。だからわたしが囮《おとり》になります」

と、言っている。

確かにお沙世の容貌《きりよう》なら、日源は食指を動かすだろう。

しかし、危険すぎる。お勢もお紀美も長十郎も反対した。

そこを忠吾郎が、

「――長十郎さん、お沙世が分院とやらに入ると同時に、あんたも打込め。お勢さんも飛びこむのだ。中に拐かされた女がいたなら、それを救い出しなせえ。もちろん、わしも行く。鉄製の長煙管《ながぎせる》は伊達《だて》じゃない。なあに、仁左どんと伊佐治も駈けつける。安心しなせえ」

言ったので、お勢も長十郎もその気になったのだった。

染谷結之助は言ったものである。

「――ともかくあらゆる策を講じて女たちを救い出し、中野屋敷と智泉院の悪行を世間にさらしやしょう。そうすりゃあ、日源とやらは、もう町場に手出しはできなくなりまさあ。呉服橋の旦那も、それを望んでいなさるんでさあ」

中野屋敷の裏門のほうから、仁左が戻って来た。

背の道具箱に羅宇竹《らうだけ》の音を立てながら、竹馬の古着屋に近づき、

「門番に追い返されちまったぜ、羅宇屋《らうや》に用はねえってよ。そっちはどうでえ、当たりはあったかい」

屋敷の護りはなかなか厳しいようだ。

竹馬の古着屋も、

「こうして町のお人らは来てくださるんだが、お屋敷からは誰も来なさらねえ」

町場のおかみさんが二人、古着を手に取って選んでいる。そのおかみさんたちが言った。

「あれえ、古着屋さん。あのお屋敷、どなたさまか知らないのかね。将軍さまのお友だちさね」

「そう。そんなお屋敷のお人らが古着など買うかね。お女中さんか中間《ちゅうげん》さんがお仕着《しき》せをもらったとき、古いのを逆に古着買いに売っているってのは聞いたことはあるがねえ」

「ほう。お仕着せをもらうたびに売ってたんじゃや、物は傷《いた》んでも色あせてもいめえ。竹馬さん、買取りもやったらどうだね」

「ほうほう。そうさせてもらいやしょうかい」

おかみさんたちの言葉に、羅宇屋が冗談めいて言ったのへ、竹馬の古着屋もそれらしく返した。だが、二人とも目は真剣だった。

仁左が、竪川に沿った町場に、

「きせーるそうじ、いたーしやしょう」

と、触売《ふれうり》の声をながしながらその場を離れたあと、伊佐治も町場の客が帰ると竹馬の天秤棒を担ぎ、

「ふるーぎ、古着。買取りーも、いたーしやしょう」

白壁の往還を、中まで聞こえる声でながし、屋敷の裏門に近いところに竹馬を据えた。

だがこの日、屋敷から反応はなかった。

業平橋でも、横須賀藩西尾家の下屋敷から中間がときおり出て来て、

「おっ、こんなところに珍しいじゃやねえか」

と、そばをかきこんですぐ帰る程度で、一応商《あきな》いの体裁《ていさい》はなったが、肝心の智泉院分院からは誰も来ず、動きもなかった。日啓と日源、それに中山代官所の垣井俊介がいま、業平橋の分院にいるかどうかも定かでなく、確かめようもなかった。

六

仕掛けの初日は不発に終わった。成果といえば、双方とも持ち場に土地勘ができたことくらいであろうか。

二日目も、

「私の出番、まだあ」

と、お沙世にせっつかれ、忠吾郎からは、

「気長にやれ。見張り番は根気が肝心だぞ」

と、叱咤《しった》され、朝早くに札ノ辻をあとにした。

きょうは往還で、お勢とお紀美、長十郎が、街道に二人の背が見えなくなるまで見送っていた。

歩を踏みながら二人は、

「長引くようなら、また両国あたりの木賃宿にでも泊まりこむか」

と、話した。実際、札ノ辻と川向こうの本所を、毎日往復するのは疲れるし、時間のむだでもある。

二人の話はつづいた。伊佐治がまた訊いたのだ。

「染どんや玄八どんと、また一緒に影走りができるのはおもしれえのだが、呉服橋の大旦那たあ、いってえどんなお人なんでえ。染どんも玄八どんも、ずいぶん信奉しているようだが、俺も一度、会ってみてえぜ。仁左どんは知っているのだろう？」

「まあな」

仁左は曖昧《あいまい》に返した。呉服橋の大旦那が誰であるか、明かされているのは仁左だけなのだ。なぜ忠吾郎は伊佐治に伏せているのか、理由はわからないが、忠吾郎への仁義から、曖昧に応えざるを得ない。

足は日本橋に近づき、脇道をちょいと左手の西へ曲がれば、すぐ外濠の呉服橋という所を踏んでいた。

（まずいところで訊かれた）

仁左は思ったが、案の定だった。

「このあたり、呉服橋の近くじゃねえのかい。染どんと玄八どんたち、まだいるかもしれねえ。ちょいと寄ってみねえかい」

「ああ、そのうちなあ。それよりも、きょうはなにか当たりがあるかもしれねえ。そんな気がするのよ。急ごう」

「ほっ、当たりかい。その勘、当たりゃいいがなあ」

と、伊佐治がしつこく言わなかったことに、仁左はホッとした。

両国橋のたもとで、船宿《ふなやど》にきょうも四ツ目橋に猪牙舟を一艘まわしておくように頼み、川端の往還を進んだ。竪川は大川に流れこんでいるから、両国からはさかのぼることになり、素人では棹の具合によっては水に流されてしまう。帰りなら流れに乗るのだから、これは速い。お勢も長十郎も、おケイを救い上げられなかったものの、その流れによって虎口《ここう》を脱することができたのだ。

船宿の者は、

「きょうもですかい。それも一日中、ただつないでおくだけたあ」

と、みょうな顔をしていた。

これも、逃げる女がいた場合の準備である。

業平橋では、たもとに屋台を据えた玄八に、遊び人姿の染谷が、

「きょうもそばを何杯も喰わなきゃならんとは、うんざりするなあ。あしたから おまえ、天ぷら屋になれ」

「あはは、旦那。天ぷらは喰い過ぎると胃ノ腑《いふ》がもたれやすぜ」

などと軽口をたたき合っていた。

もちろん、中野屋敷で日源が父親の日啓に、拐かしを諫《いさ》められたことを知る由《よし》もない。だが日源は、自粛《じしゆく》はしてもやめるとは言っていなかった。しばらく休止する駄賃《だちん》にもう一人くらいと、辻説法に出かけるかもしれない。

亀戸村では、伊佐治がきのうとおなじように、古着の買取りもするとの口上を白壁の中にながしこみ、屋敷の裏門が見える町場に竹馬を据えた。

竪川に沿った町場をながしていた仁左が、

「こうも辺鄙《へんぴ》な町じゃ、二日つづけてじゃ客もつかねえ。俺も白壁のあたりをも

う一度まわってみるぜ」

と、竹馬を据えたばかりの伊佐治に言い、中野屋敷に向かった。

「来るとき言っていた勘、当たりゃいいがなあ」

「おう、それよ。当たる気がするのよ」

背に声をかけた伊佐治に仁左はふり返り、道具箱にカシャリと音を立てた。勘というよりも、そうあって欲しいと願望を口にしたのだが、そうすることによって二人とも、実際に当たるような気になっていた。

それが、当たった。

すでに陽が中天にさしかかろうかといった時分になっている。

いつもの触売の声を、伊佐治につづいて白壁の中にながしこみ、

「へい、羅宇屋でございます」

と、裏門の耳戸《くぐりど》を叩いた。

「おう、羅宇屋か。さっきから聞こえていたぜ。入りねえ」

と、耳戸から顔をのぞかせた門番は、きのうと違い愛想がよかった。

仁左は〝当たり〟を直感した。初めて入る門内だ。場合によっては、ここから打込みをかけることになる。逸《はや》る気を抑え、

「へい、ご免なすって」

と、耳戸をくぐると、さすがはいまをときめく中野屋敷である。裏手といえど隅々まで手入れがゆきとどき、それに広い。

「おう、羅宇屋。きのうおめえが来たことを仲間に話したら、なぜ帰したと文句を言われてなあ。来ねえ」

と、母屋とは別棟の中間部屋に案内された。二本差の家臣に呼ばれたのなら、裏手でも母屋の縁側に店開きできるのだが、贅沢《ぜいたく》は言えない。だが、仁左は武家屋敷に精通している。構造はいずれもそれほど大きく異なるものではない。中間部屋の規模からも、屋敷内の人数はおよそ想像できる。

中間部屋で仁左は煙管の脂取《やにと》りや雁首《がんくび》のすげ替えをしながら、絶好の機会というのに、屋敷内のようすを訊くのは避けた。中間部屋に入るなり、

「おっ、行商の者を無断で中へ入れたんじゃ、ご用人さまに叱られるぞ」

「なあに、ここだけのことだ。おめえ、告げ口するんじゃねえぞ」

と、中間同士のやりとりがあったのだ。

みょうだ。大名屋敷でも高禄の旗本屋敷でも、八百屋や魚屋、小間物、荒物、はては貸本屋まで、声さえかければ中間部屋、女中部屋、台所などになかば勝手

往来である。

だが中野屋敷《こ こ》では、それが儘《まま》ならぬようだ。

(箝口令《かんこうれい》が敷かれている)

直感したのだ。そのような所で、不用意な問いなど入れれば逆効果となる。

話題はもっぱら、煙草の種類や羅宇竹の紋様の話となった。集まった三、四人の中間はくったくなく仁左と話し、警戒する雰囲気にはならなかった。それが収穫である。

さらに収穫があった。

庭から戻って来た中間が、

「おう、やっぱり外来の客人がいたかい。出て来ねえ。なにやらおめえさんに用だっていう女中が来ているぜ」

言うではないか。

(まさか拐かされた一人)

と、仁左は内心の驚きを隠し、

「あっしに？　このお屋敷に、知ったお方はおりやせんが」

訝《いぶか》る口調をつくり、中間部屋の出入り口に出た。

立っていたのは、矢羽模様の着物をきちりと着た腰元だった。拐かされた女には見えない。

腰元はその場で早口に言った。二十歳前後に見える。

「卒爾《そつじ》ながら、あなたが中間部屋に入るのを見ていました。さきほど外から、買取りもするという竹馬の古着売りの声が聞こえました。まだ、近くにいるかどうか、知りませぬか」

「えっ。それならすぐそこ、裏門を出れば畑の向こう、町場のところに見えますあ。きょう一日、そこにいるようなことを言ってやしたが、なんなら呼んで来やしょうかい」

「いえ、それには及びませぬ」

言うなり腰元はきびすを返し、母屋のほうへ足早に去った。

声は部屋の中にも聞こえていたようだ。

仁左が部屋に戻ると、

「あははは。お菊《きく》さん、去年のお仕着せでも売って小遣いにしたいのだろうよ」

「お仕着せを売るなんざ、俺たちでも大っぴらにはできねえからなあ。竹馬が買取りもするってんなら、俺たちも行こうかい。それよりもこの羅宇竹の斑点模様、なかなかしゃれてるじゃねえか」

と、話題はもとの羅宇竹の紋様に戻った。

中間はさきほどの腰元を〝お菊〟と言った。仁左はその名を胸に刻《きざ》んだ。

それから半刻（およそ一時間）ほども中間部屋にいたろうか。

さきほどのお菊という腰元が気になりつづけた。

七

仁左がまだ中間部屋で話をしながら、新たな羅宇竹をすげ替えているあいだ、

「ちょいとそこまで。すぐ戻りますゆえ」

「おう。行って来なせえ、行って来なせえ。俺たちもさっき行ったばかりだ」

門番と短く交わし、裏門の耳戸から外に出たのは、腰元のお菊だった。胸に折りたたんだ着物を抱えこんでいるところから、門番の中間には、腰元のすぐ戻るという外出の用件はわかる。さっき朋輩の中間が二人、袷《あわせ》の着物と帯をかかえて出かけ、すぐにホクホク顔で帰って来たばかりだ。かなりいい値で、伊佐治は買い取ったようだ。

（ほう。さっき中間が来て、こんどはお女中かえ）

竹馬のあいだから屋敷の裏門のほうを見ていると、こんどは腰元が出て来た。

竹馬を見ながら、なかば小走りになっている。

第一日目に触売の声をながし、二日目に据えた竹馬に客がつくのは、武家地ではよくあることだ。

伊佐治も、中間に屋敷内のようすは訊かなかった。中間二人は代金を受け取ると、すぐに帰ったのだ。

（ははん、屋敷では奉公人が自儘《じまま》に外へ出るのを、きつく戒《いまし》めているな）

思ったものだ。

そこへこんどは腰元である。

近づいてくるのを、

「へい、いらっしゃいまし。お売りいただけるので」

迎えるように声をかけると、腰元は立ち止まるなり、

「これを！　お代はいりませぬ。神田明神下、湯島《ゆしま》一丁目の神田《かんだ》屋という太物屋に持って行けば、お金になるはずです」

と、押しつけるように、持って来た女物の着物を伊佐治に渡すと、急いできび

すを返した。数歩あゆんでふり返り、

「いいですね、湯島一丁目の太物屋さん、神田屋ですよ」

「へ、へい。湯島一丁目の太物商い神田屋さん」

念を押し、竹馬の古着屋が間違いなく復唱《ふくしょう》したのを確かめると、また急ぎ足になった。

（はて？）

と、伊佐治は受け取った着物をあらためるように見た。木綿仕立てで薄い黄緑色の地に深緑色の草模様だった。太物とは木綿のことであり、受け取った着物はなにやらいわくありげで、それに古着屋が扱うのは木綿が多い。そこにつながりがないわけではない。

開いてみた。

「おっ」

内側に、折りたたんだ紙片が縫い付けてあった。

密書などを紙縒《こより》にし、襟《えり》に縫いこむなどはよく聞くが、裏とはいえ折りたたんだだけで縫い付けてあるとは、

（相当急いだ、やっつけ仕事のような……。それにしても）

伊佐治はますますみょうに思い、紙片を破かぬようそっと糸をほどき、紙面を見た。

「これはっ」

思わず声を上げた。腰元の姿はもう見えない。このとき、竹馬に客がついていなかったのはさいわいだった。

文面は短く、細い走り書きで、しかも乾くまえに折りたたんだのだろう、墨が滲《にじ》んでいる。

――亀戸中野屋敷にいます　助けてください
それだけだった。だが、拐かしの事実を、これほど端的に示すものはない。その中の一人が、湯島一丁目の太物商い、神田屋の娘なのかもしれない。そうだとすれば、黄緑色の着物がその有力な証拠の一つとなる。

伊佐治は背伸びをして中野屋敷の裏門に視線をながした。仁左の出て来るのを待ったのだ。

帰り支度をしながら、ひと呼吸ひと呼吸さえも、伊佐治には長く感じられた。いまこの文《ふみ》を届けに来た腰元と、拐かされたのかもしれない神田屋の娘と、どのような係り合いがあるのかは判らない。ただその腰元が屋敷内で詰問され、家臣どもが紙片を取り戻そうと裏門から飛び出て来ないとも限らない。

「おっ」

伊佐治は声を上げた。耳戸に、人影が動いた。

「それじゃ、またご贔屓《ひいき》に」

と、声は聞こえなかったが、見ればわかる。羅宇屋の道具箱を背に、吉原かぶりに着物を尻端折にしている。

「おう、また来いよな」

六尺棒を持った門番に見送られ、仁左は中野屋敷の裏門を背にした。

「おっ」

と、異様に手を振っている伊佐治の姿が目に入った。

（お菊さんという腰元、つなぎを取ったか）

とっさに解した。

早足になり、背の道具箱に大きな音を立てた。

ほんの短い距離なのに、伊佐治がもどかしそうに待っている。

「おう、腰元が来たろう」

「えっ、どうしてそれを。ともかく、見ろやい」

伊佐治はふところからさきほどの紙片を取り出した。黄緑色の着物は、他の古着の下のほうへ隠すように押しこんでいる。

仁左も驚きの声を上げ、

「よし、業平橋だ」

「おうっ」

伊佐治は竹馬の天秤棒を担ぎ、仁左はふたたび背の道具箱に音を立てた。

流れにのれば、猪牙舟は陸《おか》を走るほどに速い。竪川から横川に入ると、流れに逆らうことになるが、二人で棹を突けば、歩くよりは速い。

「おっ、あれは」

と、そば屋の玄八が気づき、きょう幾杯目かのそばを手繰っていた染谷も、碗を手にしたまま川面に視線を向けた。舟の二人が、異様に急いでいるのが看て取れた。

岸辺に上がり、四人はそばの屋台を囲んでの立ち話になった。すぐ横に古着の竹馬が置かれ、このとき橋を通った者には、そば屋が繁盛しているように見えたことだろう。

「こっちはなんの動きも見られねえ」

と言う染谷と玄八に、仁左と伊佐治はさきほどの出来事を話し、伊佐治が腰元からの紙片を見せ、古着の中から黄緑色の着物を引っぱり出した。

染谷も玄八も、紙片の文面に、

「ふむ」

うなずき、黄緑色の着物に、

「なんと！」

そろって声を上げた。いま目の前にしているのは、神田明神下から二人の前で、智泉院分院に連れこまれた町娘が着ていた着物ではないか。

染谷は復唱するように言った。

「神田明神下の湯島一丁目の太物商い、神田屋だな」

「そう。腰元の名はお菊。神田屋の娘との係り合いは不明」

確認するように仁左がつないだ。

猪牙舟に四人も乗るのは危ない。しかも玄八の屋台と伊佐治の竹馬がある。

その竹馬の伊佐治とそば屋の玄八が陸路、浅草を経て神田明神下の湯島一丁目に向かい、仁左と染谷は猪牙舟で竪川に戻り、両国で船宿に舟を返すと、仁左は札ノ辻へ染谷は北町奉行所へ、きょうの進捗を報せに走った。

湯島の神田屋でのようすは、すぐさま伊佐治と玄八がそれぞれ、仁左と染谷へ急いで報せることだろう。

両国を経て日本橋を渡るまで、仁左と染谷は一緒である。

肩をならべ、急ぎ足に歩を進めながら、仁左は言った。

「今夜あたり、また総勢で談合になるかなあ。必要が生じれば、あんたも俺たちと一緒に打込みなさるかい」

「ああ、この遊び人の格好でなあ。念のため、十手《じって》はふところに入れておきやすが……」

染谷結之助は応えた。

# 五　業平橋《なりひらばし》の打込み

一

（いよいよ動き出したぞ）

湯島一丁目の神田屋に向かった伊佐治は、踏みこむ一歩一歩に興奮を高めていた。玄八と一緒だが、互いにそば屋の屋台と古着の竹馬を担いでいては、横ならびに歩けない。緊張を吐露《とろ》しようとしても、前後では大きな声を出さねばならない。話したい内容は、他人に聞かれてはならないものだ。

小柄な伊佐治が前を行く玄八に、

「おう、まだかい」

と、声をかけたのは、業平橋を離れてから半刻（およそ一時間）ほど経てからだった。伊佐治はすでに江戸の地理はかなり覚えたが、浅草や神田になれば、やはりまだ知らない土地である。

　玄八は屋台を担いだまま首をふり返らせ、

「おう、もう半分以上は来たぜ」

　これが道すがらでの、初めての会話だった。

　空手《からて》で肩をならべて歩いていたなら、おそらく伊佐治は玄八に〝呉服橋の大旦那〟について問いを投げかけていたろうが、これでは訊こうにも訊けない。まして玄八は染谷から、

「――おめえは岡っ引でも、隠密廻りの岡っ引だ。やたら御用風を吹かせるんじゃねえぞ」

と、常に言われている。その戒《いまし》めは、相州屋に対しても貫《つらぬ》かれている。相州屋の奉公人や寄子たちに、奉行所の同心やその岡っ引を名乗ることもなく、それをにおわせるふるまいもない。だから仁左は心置きなく、伊佐治を玄八につけておくことができるのだ。

　その玄八が立ち止まり、

「ここだ」

と、屋台を肩から降ろして言ったのは、湯島一丁目の地を踏んだときだった。

「ほう、やっと着いたかい」

と、伊佐治も竹馬の天秤棒を肩からはずした。

太物商いの神田屋は、往来人に訊くまでもなく看板と暖簾ですぐにわかった。表通りに面した、界隈では大振りな商舗《みせ》だった。

「よしっ」

伊佐治はそば屋の玄八を外に待たせ、古着の竹馬を担いだまま店場《みせば》に入り、訝《いぶか》る番頭に低声《こごえ》で、

「お嬢さんの消息が知れやした。詳しくはこの家の旦那さまへ直《じか》に」

耳打ちするように言うと番頭は顔色を変えて奥へ走りこみ、すぐにあるじが出て来た。

伊佐治がそっと紙片を見せ、竹馬に盛った古着の下から、あの黄緑色の地に深緑の草模様を染めた着物を見せたときの、あるじの驚きようは言うまでもなかった。

そこまでは、おもてにいた玄八からも見えた。あとはわからない。あるじが伊佐治を奥へ引きこんだのだ。

小半刻（およそ三十分）ほどで出て来たが、
「おう、待たせたなあ。帰《けえ》るぜ」
と、玄八を急かし、神田屋の前を離れた。
伊佐治は早く玄八に話したかったが、ますます道すがらでは話せなくなってい
る。神田川に架かる筋違御門《すじかいごもん》を内神田のほうへ渡ると、火除地の広場になってい
る。そこにも屋台などが出て庶民の散策の場となっているが、その隅のほうに屋
台と古着の竹馬を降ろし、
「ともかくだ、早く旦那に報せて判断を仰《あお》がなくちゃならねえ。おめえさんも早
う大旦那とやらに知らせてえだろう」
と、伊佐治は口早に語った。
神田屋で奥には旦那と内儀がそろった。拐かされた娘の両親だ。
娘の名はお末《すえ》といった。十八歳だという。着物は確かにお末が行《ゆ》く方《かた》知れずに
なったときに着ていたものだった。僧侶と一緒に歩いていたのは、見ている者が
いて、そこまでは両親もつかんでいたらしい。
そこから行く方知れずになり、それが家出か拐かしか、両親は判断がつかなか
ったという。

「親戚から縁談が持ちこまれ、わたくしどもは良縁と喜んだのですが……」

「それからお末はふさぎこむようになり……」

両親の言葉は歯切れが悪かったが、お末が悩み事も聞くという辻説法に出会ったのは、そのようなときだったと思われる。

そのお末が、本所亀戸村の中野屋敷に閉じこめられていることに、両親は驚愕した。

お菊というのは町内の絵草子屋の娘で、お末より一歳年上の幼馴染だとか。伝手《つ て》を得て去年から武家屋敷へ奉公に上がっているという。

商家の娘が行儀見習いで武家奉公に出るのは珍しいことではなく、嫁に行くときの箔付《はくづ》けにもなる。

それが亀戸村の中野屋敷だった。実家では、将軍家御用取次の中野家なら望外のことと喜び、いまもそれが自慢になっているという。

「ま、ここからは俺の想像だが」

伊佐治は前置きし、

「喜んで上がった中野屋敷は、拐かされた町娘がつぎつぎと送りこまれて来る、とんでもねえ伏魔殿《ふくまでん》だった。そこへ幼馴染のお末が連れて来られた。驚いたお菊はなんとかしようと、俺に手紙と証拠の着物を託《たく》した、と」

「それに間違《まちげ》えあるめえ」

玄八は相槌を打った。

伊佐治はつづけた。

「ところが神田屋は、みょうなことを言いやがるのよ。いま世間では、町娘の拐かしがうわさされていらあ。ご町内には、お末は親戚の家に行っていると話しているらしいや。それで、このことはどうぞご内聞《ないぶん》になどと。口止め料のつもりだろう。三両も包みやがったぜ」

伊佐治が忠吾郎の〝判断を仰ぐ〟と言ったのはこのことだろう。

玄八は言った。

「神田屋め、世間体をはばかりやがったか」

「でもなあ、神田屋の旦那は蒼《あお》ざめ、ご新造《しんぞ》さんは膝においた手を、わなわなと震わせていたぜ」

「そうかい、やはりなあ。よし、一刻も早く大旦那にも報せなきゃならねえ。ここから俺は裏手の近道を通って呉服橋に戻らあ。おめえは日本橋まで出て東海道に入るのが一番だろう」

「おう、そうすらあ」

言ったところへ、町場のおかみさん風の二人連れが、

「あら。こんなところにそば屋さんと古着屋さんがならんでる」

「ちょうどよかった。寄っていきましょう」

言ったのへ伊佐治と玄八は、

「すまねえ。もう店じまいで」

「へえ、火も落としちまったもので」

と、それぞれの荷を担ぎ、

「ええぇ、まだ陽は高いのに」

「もお、しょうがないねえ」

と、おかみさんたちの声を背に聞いた。

玄八は外濠の神田橋御門から、呉服橋御門の北町奉行所へ急ぐのだろう。

染谷はすでに北町奉行所で榊原忠之と、奥の部屋でひたいを寄せ合っていた。

「――慎重に、慎重にな」

「――御意《ぎょい》」

忠之が言ったのへ、染谷は返していた。

このあと、玄八が戻って来れば、忠之は町奉行としての策を具体的に考え、即座に動きはじめることだろう。

一方、相州屋では忠吾郎も仁左の話を聞き、

「――よし。伊佐治の帰りを待とう。仁左どん、打込みは近いぞ」

「――わかってまさあ」

仁左は返していた。


玄八が屋台を担ぎ、北町奉行所の裏門に駈けこんだのは、ちょうど日の入りのときだった。奥の部屋では、

「おう、どうであった」

と、奉行の忠之と隠密廻り同心の染谷が他の者を遠ざけ、待っていた。

一方、神田から田町の札ノ辻までは、呉服橋御門より倍以上の距離がある。

「へい、戻りやした」

と、伊佐治が竹馬の天秤棒を肩から降ろしたのは、あたりがかなり暗くなった時分だった。

ここでも裏庭に面した部屋で、仁左が忠吾郎とともに待っていた。

神田屋が世間体をはばかり〝ご内聞に〟と言ったものの、またそれゆえにであろう、父親は顔面蒼白になり、母親は両手をわなわなと震わせていたことは、奉行所でも相州屋でも慥《しか》と伝えられた。

伊佐治などは、

「これ、どうしやしょう」

と、紙に包んだ小判三枚を忠吾郎の前に差し出していた。

玄八が秘かに相州屋の裏戸を叩き、

「忠吾郎旦那へ直《じか》に」

と、住込みの小僧に告げたのは、仁左と伊佐治が母屋から寄子宿の長屋に引き揚げ、しばらくしてからだった。

忠吾郎は夜着のまま勝手口に立ち、玄八は用件だけを告げると、長屋のほうへ顔を出すことなく帰った。

二

翌日である。陽がまだ東の空にある時分、榊原忠之と忠次こと相州屋忠吾郎は、金杉橋の浜久で膝を交えていた。いつもの奥の部屋で、二人だけだった。

「きょうはなんなんでしょうねえ。いつもの時間と違って」

「さあ、なんでしょう。でも、詮索は無用にね」

と、仲居が言ったのへ女将《おかみ》のお甲も首をかしげていた。座敷に出されたのも、茶菓子とお茶だけだった。

そのころ、玄八と遊び人姿の染谷は、雨戸を開けたばかりの神田屋に、

「御用の筋だ」

と、十手をちらと見せ、奥の部屋に案内されていた。きのう伊佐治が入った部屋だ。玄八はそのとき、ずっと外にいたから神田屋の者に顔は知られていない。

部屋ではお末の両親が膝をそろえるなり、

「これをお返しもうす」

と、染谷がきのう神田屋が伊佐治に包んだ三両を、その包みのまま畳の上に置

き、そっと両親のほうへ押しやったものだから、

「こ、これは！」

「きのうの古着屋さんは、あなた方の⁉」

両親は驚愕した。

染谷は応えた。

「手先ではないが、律儀《りちぎ》な、知り人でなあ」

神田屋夫婦は顔面蒼白となって顔を見合わせた。

町場の者でも、奉行所の手が武家屋敷や寺社には及ばないことを知っている。

（——ならば、神田屋はどうする）

と、きのう奉行所で、忠之と染谷は鳩首《きゅうしゅ》したのだ。そこへ玄八が帰って来て、
結論を得た。

——あした直接、染谷が神田屋へ出向く
であった。このあと、玄八がきょうの談合の時間を告げるため、相州屋に走った時に、三両も受け取ったのだった。

染谷は神田屋夫婦に、永代橋の橋脚に引っかかっていた女の死体が、中野屋敷の仕業であることを話し、

「下手に動けば、お末さんも人知れず殺されるぞ」

その言葉に震える夫婦は当然、

「ならば、どうすれば」

染谷に糾《ただ》した。実際、夫婦はこの日、亀戸村の中野屋敷に行こうとしていたのだ。朝早くにである。そこへ染谷と玄八が、訪《おとな》いを入れたのだった。

染谷は言った。

「相手は将軍家御取次の屋敷。奉行所にも手が出せぬ。したが、手段《てだて》がないわけではない。待っておれ」

帰るとき、

「われらはこのいで立ちで来たのだ。見送りは不要」

と、一緒に腰を上げようとした夫婦を手で制し、廊下に出るとふり返り、

「よいか。くれぐれも、凝《じ》っと待っておるのだぞ」

念を押した。

夫婦は、愕然《がくぜん》とした態《てい》になっていた。

そう話すことを踏まえての、忠之と忠次こと忠吾郎の、湯島一丁目とおなじ時

刻の談合だったのだ。

遊び人風の染谷と玄八が、店場で怪訝な表情の番頭に見送られ、神田屋を出たころ、浜久の奥の部屋では、忠之と忠吾郎がまだ鳩首していた。

忠之は言った。

「おまえの手の者、仁左に伊佐治といったなあ。町場には儂《わし》の配下の同心や岡っ引より敏腕の者がおるのだなあ。大いに役立ったぞ。したが、あとはしばし、儂に任せろ。やつらの動きを掌中にし、おまえに知らせてやるから」

連絡するから、それまで動くなと忠之は言っているのだ。

むろん、忠吾郎は返した。

「兄者、わしは他人さまの差配を受けて影走りをするのではないぞ。あくまでもわし自身の意志でなあ。仁左も伊佐治もだ」

もちろん忠吾郎とて、闇雲《やみくも》に中野屋敷へ打込むなどは無謀で、むしろ娘たちの命を危険にさらすことになりかねないのを知っている。かといって、お沙世を囮《おとり》に屋敷内を探り、ここぞと打込むのはさらに危険なことも心得ている。長十郎が加わり、お勢とお紀美が見張り役に立っても、圧倒的に人数が足りないのだ。

忠之は忠吾郎の言葉に、

「それでこそ、力になるのだ。染谷も玄八もおなじでなあ、なかば自分の意志で動いてくれておる」

「それは認める。ともかく、待ちますぞ」

と、この日の兄弟二人だけの談合は終わった。


忠之は動いていた。その日のうちだった。

浜久を出ると町駕籠を呉服橋に急がせ、北町奉行所では権門駕籠を庭に出し、お供の与力や同心たちは奉行の帰りを待っていた。奉行が朝早くからお忍びでどこへ行き、誰に会ってどのような話をしていたのか、知っているのは登城の供には加わらない染谷と玄八だけだった。

午過《ひるす》ぎには城中本丸の広い御用部屋の廊下で、供も随《したが》えず忙《せわ》しげに動いている中野清茂と出会った。もちろん、忠之がそれを見計らったのだ。双方とも長袴《ながばかま》に裃《かみしも》姿である。

「これはこれは、中野さま」

と、忠之は一歩退《しりぞ》いて腰を折り、

「ちょいとお耳に。町場でよからぬうわさを聞きました」

扇子《せんす》で口元を隠し、あたりを忍ぶように言った。

清茂は立ち止まった。日源の近ごろの暴走に危険を感じていたところである。もちろん、永代橋に上がった女の死体が、自邸に軟禁されていた者であることも知っている。その探索が大川から竪川までさかのぼって来ないよう、相応の手は打ったつもりである。そこへ北町奉行の榊原主計頭忠之が、扇子で口元を隠し、そっとささやいたのだ。

「下々《しもじも》の、根も葉もないうわさと存じますが、いま城下では町娘の幾人もの失踪が話題になっております。その娘らがすべて、中野さまのお屋敷に留め置かれているなどと」

清茂は貫禄を示したつもりか、声を荒らげ否定することなく、

「で？」

と、低くさきをうながした。

忠之はつづけた。

「そこで娘の親どもが直截《ちよくさい》に、あるいは人を雇い、亀戸村のお屋敷に打込むとも、火を付けて娘たちを救い出そう……とも。もちろん、町奉行所は気をつけて

おり、さような兆候が見えましたならただちに抑え、滅多《めった》なことはさせない所存でありますが」

「ふむ」

「したが、いかな慮外者《りょがいもの》が出るやもしれませぬ。中野さまの屋敷におかれましても、じゅうぶんに気をつけられたく存じまする。それなりのご用意も」

「ん？」

それなりの用意とは、清茂は解しかねた表情になった。単に警備や見まわりを厳にと言っているのではなさそうだ。

すかさず忠之は言った。

「李下《りか》に冠《かんむり》を正さず、との言葉もあります。お屋敷に疑いを招くような事象《じしょう》があってはなりませぬ」

言うと忠之は軽く一礼し、

「では、お願いいたしましたぞ」

と、ふたたび背筋を伸ばし、その場を辞した。

清茂はしばしその背を見送った。

たかが不逞《ふてい》町人の打込みなど、九千石の家臣団の数からすれば、ものの数ではない。火付けも見張りを厳にすれば防げよう。捕えればその者には、火炙《ひあぶ》りの極刑が待っている。

「ふふ」

清茂は不敵に笑った。

だが、日啓と組んで急速に成り上がった身であれば、それだけ敵の多いことも知っている。

「疑いを招く事象……か」

小さくつぶやいた。

三

その日の夕刻近くである。朝のように仁左と伊佐治は仕事に出るいで立ちで、札ノ辻を両国に向け発った。

忠吾郎とお沙世が見送っている。

羅宇屋の道具箱と天秤棒の竹馬が、夕刻を迎えた街道の慌ただしさのなかに紛れると、忠吾郎は茶店の片付けに入ろうとするお沙世に言った。

「おまえまで泊まりがけをさせたのでは、浜久に申しわけねえからなあ」

「うふふ。そのぶん、あしたは暗いうちに出かけますから。お店はお紀美ちゃんに任せて」

お沙世は返した。こたびの世直しに、お沙世も一枚加わっているのだ。

その夜、仁左と伊佐治は両国の木賃宿に入った。まともな旅籠に泊まらなかったのは、あくまで出商《であきな》いの職人や商人に見せかけるためである。

翌朝、同宿の者が、

「なんでえ、あんたら。もう商いかい。気の早《はえ》えお人らだ」

と、訝るほど早い時分、二人はそれぞれの商売道具を肩に、木賃宿を出た。東の空がようやく明けはじめたばかりだ。

「まあ、これじゃ商売にならねえが、当面は、これが俺たちの仕事だ」

「染どんや玄八の兄弟《きようでえ》たちも、もう業平橋に向かっているだろうなあ」

などと話しながら、両国橋を東の深川方面に渡ったのは、提灯こそいらなくなっているが、まだ薄暗さの残る夜明け時分だった。棒手振《ぼてふり》はちらほら出ているが、船宿は開いておらず、猪牙舟を借りることもできない。

伊佐治が、

「お頭《かしら》が言いなすった場所は、このあたりだなあ」

と、古着の竹馬を据えたのは、亀戸村の近くを流れる竪川に、業平橋からの横川が流れこんでいる町場の一角だった。

日の出前のこの時分、古着を買う客などいようはずがない。仁左はその横に背の道具箱を降ろし、川面に向かって座りこんだ。

きのう、忠之が下城し北町奉行所に戻ってからすぐだった。玄八がすぐさま田町の札ノ辻に走った。

「——日の出前から、竪川と横川を見張れば、きっと見物《みもの》があるはず」

との忠之からの言葉を伝えたのだ。

忠之はその日、城中の廊下で中野清茂と別れたあと、角を曲がるまで、背に清茂の目が張りついていたのを感じ取っていた。その異様な感触に、

(——効いた。あの御仁《ごじん》は、きっと手を打つ)

確信を得たのだ。

さらに、手を打つとすれば、

(——舟……しかも、人目の極度に少ない夜明けか黄昏時《たそがれどき》)

忠之のこの勘には、

「――ご明察」

と、染谷も玄八も即座に返したものだった。

もしも亀戸村の屋敷に騒ぎがあった場合、

――そのような女は、屋敷に一人もいなかった
――うわさに根拠はなく、ただ悪意に満ちたもの
と、軽く幕引きをするため、

(拐かした女たちを業平橋の分院に移す)

これが忠之の、江戸城内で中野清茂にそっと耳打ちした思惑《おもわく》だったのだ。

その知らせを持って、玄八は陽の沈むまえに札ノ辻に走り、仁左と伊佐治の二人と〝分担〟を決めたのだった。

玄八と染谷は、業平橋のたもとで見張ることになっている。

そろそろ日の出を迎える時分である。川端で迎える朝は、ほこりっぽい街道脇の人宿で迎えるより気分がいい。

二つの掘割が合流する水音を聞きながら、伊佐治が言った。

「どうもわからねえ。舟で女たちが運ばれるのなら、こっちも人数と舟をそろえ、そこを襲えばいいじゃねえか。行く先は業平橋のニセ分院とは限らねえんだ

ぜ」

「ふふふ、わからねえかい。女たちの人数が定かじゃねえ。一度の舟で、それがすべてとは限らねえんだぜ。一人でも、取りこぼしはできねえ」

「ほっ、なるほど」

伊佐治は得心し、仁左はさらにつづけた。

「一撃で全員を救い出せなきゃ、一人でも屋敷に残っていてみろ。中野屋敷は証拠隠しのため、その女を古井戸に投げこむかもしれねえぜ」

「くそーっ、中野屋敷ならやりかねねえ。すでに、逃げ出したおケイという女を一人、斬り殺しやがったからなあ。ほかにも秘かに葬《ほうむ》られた女が……」

「おっ、あれを」

伊佐治が話しているなか、仁左がさりげなく川面のほうへあごをしゃくった。ちょうど陽射しが川面を射したときだった。日の出だ。

猪牙舟が一艘、竪川から横川に入り、

「あらよっ」

船頭が棹に力を入れた。竪川では流れに乗っていたのが、ここからは逆らうことになる。

「おっと」

と、舟は揺れ、乗っている者が舟べりを両手でつかみ、身を支えた。

塗り笠をかぶった武士が二人、身を支えた瞬間、顔を上げた。

「あっ」

「やつだ！」

仁左が低く上げた声に、伊佐治がつづけた。

一人は間違いなく、富岡八幡宮門前の紅葉屋に、探りを入れに来た武士、垣井俊介だった。中野家の中山代官所の役人である。

そのすぐうしろに、長さも幅も猪牙舟の倍以上はある荷足船《にたりぶね》がつづいていた。底が平らな荷運び用の船だが、人なら七、八人は乗れる。舳先《へさき》と艫《とも》で船頭が棹を操っている。荷足船の大きさで流れに逆らうには、やはり船頭は二人必要なのだろう。

乗っているのは女ばかりで、いずれも笠をかぶっており、顔が見えない。体つきから、若い女たちであることがわかる。

「くそーっ。きょう、朝早くに来てよかったぜ。そうでなきゃあ、見落とすところだった」

「そういうことだ。呉服橋の大旦那の知らせ、それだけ正確だったってことよ」

低声で話しながら、仁左と伊佐治は目で船の女たちを数えた。

一人、二人、三人……六人。

早朝からこれだけの人数……しかも若い女ばかり……。傍目には、いずれかへ出かける稽古事の一群に見えようか。その女たちが緊張しているのは、竪川から流れをさかのぼる横川に入ったからだろうか。しかし、仁左にも伊佐治にも、それらは怯《おび》えているように見える。

荷足船のすぐうしろだ。また猪牙舟が二艘、客はどちらにも武士が二人、荷足船に視線を向けている。女が水に飛びこんだときに備えているのだろう。それらの一群は、流れに逆らい揺れながら業平橋のほうへ遠ざかった。

仁左は伊佐治と顔を見合わせ、

「あのものものしい陣容だ、屋敷に軟禁されていた娘たちは、あれで全部だと見てよいだろう」

道具箱を背負いながら言い、

「そのようだ。やはり川の上じゃ。人数をそろえても打込めねえ。さあ、いよいよだ。染どんたちが待っていようぜ」

「おう」

と、伊佐治の声を背に業平橋に向かった。

道具箱を背負って早足になれば、羅宇竹の音も大きくなるが、そのほうがかえって怪しまれない。

それでも用心のため、途中で掘割に沿った往還を離れ、武家地を進んだ。ときおり朝の棒手振と出会い、軽く挨拶を交わす。舟の一群を追い越したあたりで、ふたたび横川沿いの往還に出た。

業平橋がすぐ目の前だ。川は一直線で、見通しがいい。

橋のたもとで、そば屋の屋台をはさんで、玄八は川に視線をながし、染谷は智泉院分院の正面門を見ていた。

二人は日の出のころに業平橋での配置についたのだが、来てすぐ、

「ん？」

と、異変に気づいた。昨夜のうちに外したのだろう。あったはずの〝智泉院分院〟の扁額がなくなっている。

「おい、玄八。きょうあたり、動きのある兆候かもしれんぞ」

「そのようで」

と、話し合ったばかりだ。

その緊張を覚えたまま玄八が声を上げた。

「おっ、旦那。仁左どんが舟を引き連れて来やしたぜ」

「おっ。ほんとだ」

遊び人姿の染谷も川面に視線を向けるなり口に出した。武士団が乗る三艘の猪牙舟に護られた、船頭以外は女ばかりの荷足船がなにを意味しているのか、二人はすぐに解した。

そば屋の屋台は、業平橋の舟寄場のすぐ近くに据えている。舟が着くまえに、染谷はさりげなくそこを離れ、業平橋を対岸に渡った。屋台にはそば屋ひとりが残った。

仁左も、屋台には近づかず、西尾家下屋敷の白壁の陰に歩を止めた。田の草取りで朝の早い百姓衆が二人、

「おっ。こんなに早う、そば屋が」

「お屋敷の中間《ちゆうげん》さんやお女中が、お客かね」

話しながら通り過ぎた。

そうした光景は、朝早くからでも橋のたもとなら自然に見える。さきほども、

「おっ、ありがてえ。こんなに早う、そば屋が来てるぜ」

と、中間が二人、耳戸《くぐりど》から走り出て来て、四人分ほど碗ごと持ち帰ったばかりだ。おそらく門番だろう。

そこへ舟が着き、女たちが川辺の石段から上がって来る。そば屋がそれを珍しそうにじろじろ見ても不思議はない。先頭で女たちを急かしている垣井俊介も、その朋輩の武士も、奇異には思わないだろう。朝から若い女の一群である。見ないほうがおかしい。

橋の向こうからと白壁の陰からも、染谷と仁左が見つめている。この配置は、三人が事前に打合せたものではない。だが、息はぴたりと合っている。羅宇屋の仁左が気を利かせ、合わせているのだ。

智泉院分院の扁額がなくなった門内に、六人の女が垣井俊介ともう一人の武士に前後を挟まれて消えると、門は閉ざされた。

荷足船に尾いていた猪牙舟の武士たちは上陸せず、舟の上から見守るだけで、女たちが門内に入るのを見とどけると、空《から》になった荷足船とともに舟寄場の石畳を離れた。

もと来た水路を、返しはじめたのだ。垣井俊介らを乗せて来た猪牙舟も、役務を終えたようにそれにつづいた。

仁左のすぐ目の前を、その一群は通り過ぎた。流れに乗っているのだから、水面をすべるように速い。そこに乗っている武士団は、明らかに中野家の家臣たちだ。そのようすが仁左には、

『さあ、送り届けた。あとは知らんぞ』

言っているように見えた。

同時に、

(そういうことかい)

思えてくる。中野清茂は、厄介《やっかい》払いをしたのだ。

「さて」

と、仁左は白壁から道具箱の背を離し、橋のたもとに向かった。

「へい、いらっしゃいやし。具はなんにいたしやしょう」

玄八は迎えた。

「おい、さっき娘たちの先頭に立っていた男、中山代官所の垣井俊介だぜ」

仁左は早口に言い、

「油揚げでも入れてもらおうかい」

と、屋台の前に道具箱を降ろし、荷足船一行の行き先を確認するためここまで来たことを告げ、

「俺はこれから伊佐どんにも話し、札ノ辻の旦那にちょっくら知らせに戻らあ」

「おう。俺たちのほうも、染谷の旦那がお奉行へ報せに戻りなさるはずだ。先頭のさむれえ、垣井俊介に間違《まちげ》えねえな。これも染谷の旦那に」

玄八は念を押すように言った。橋の向こうから、染谷がさりげなく見ている。誰からも、この三人が一体のものとは見えないだろう。

玄八はそばをゆがきながら門をあごでしゃくり、扁額の消えたことを話した。

「どういうことだ？」

と、これには仁左も首をかしげた。そこはもう智泉院分院ではなく、元分院だった家屋ということになる。

いずれにせよ、いまも竪川のほうに陣取っている伊佐治も含め、四人の脳裡《のうり》にながれているのは、

（打込みやすくなった）

この一点である。

しかし、亀戸村の中野屋敷よりはるかに規模が小さいとはいえ、中がどうなっ

ているか窺《うかが》い知れない。

それに、日啓と日源はどこにいる。

(扁額が消えたのは、そこにいないということか……)

その心残りを置いたまま、仁左はさきほど帰った一群を追うようにもと来た道を返し、染谷は北町奉行所に急いだ。

四

「おう、思ったとおりだったぜ。それに扁額がよ……」

と、仁左が伊佐治の竹馬のところに戻ったのは、陽がかなり高くなった時分だった。

お沙世が来ていた。日傘を差し、竹馬の古着を手に取っているようすなどは、古着屋のサクラになったような風情《ふぜい》だった。当然、荷足船と垣井俊介のことは伊佐治から聞いている。

空の荷足船と猪牙舟一艘は、竪川を両国のほうへ下り、警護の武士たちを乗せた二艘は、四ツ目橋のほうへさかのぼったという。

荷足船も猪牙舟も、この日のために中野屋敷が両国の船宿から船頭付きで雇ったのだろう。

「伊佐治さんから話を聞き、戻って来た猪牙舟を見たとき、石を投げつけてやろうかと思いましたよ」

お沙世は言う。

忠吾郎旦那への知らせも、

「わたしが」

と、買って出たが、仁左は向後の策の相談もあり、お沙世をその場に残して帰った。それならとお沙世は、古着屋のサクラばかりをやってはおられない。伊佐治に頼み、

「お郁ちゃんやお末ちゃんを助け出したときのために」

と、船宿で猪牙舟を借り、せめて流れに乗れるようにと、付焼刃《つけやきば》だが棹さばきの練習を始めたものだった。

忠吾郎は当初、この配置にお勢とお紀美をつけようかと思った。この二人なら、舟の武士や女たちのなかに知った顔があるかどうかを見分けられる。だが、場所が中野屋敷と智泉院分院のあいだとあっては、逆に二人が〝敵方〟にみつけ

られる危険がある。そこで忠吾郎はお沙世に、

「――どうだ、やるか」

と、持ちかけたのだった。

それが囮作戦でないことにお沙世は不満だったが、

「――旦那さま、そのお言葉、待っていました」

と、二つ返事で応じたのだ。

猪牙舟の練習にも、熱が入るというものである。

午前《ひるまえ》、仁左は相州屋のいつもの部屋で忠吾郎と鳩首していた。

「ふむ。清茂がいる亀戸村の屋敷を離れたのは気に入らんが、打込みやすうなったのは事実じゃ。したが、なぜ分院の扁額を降ろした。寺社の看板は、町奉行所への魔除《まよ》け札になるものを」

と、これには忠吾郎も首をかしげた。だがそこへの疑念よりも、打込みをかけやすくなったとの思いのほうが数段に大きい。

その場にお勢と長十郎を呼んだ。お紀美は向かいの茶店に入っている。

裏庭に面した部屋で、お勢と長十郎は縁側から上がって話を聞くなり、

「その川船に、妹のお郁も乗せられていたはずです。湯島のお末さんとやらも。いますぐに！」

「そうです。救い出すだけではありませぬ。殺された者の仇討《あだう》ちも！」

と、二人はすぐさま腰を上げかけた。

「まあ、待て。打込むには、それなりの準備と策が必要だ」

忠吾郎はなだめ、

「それだけではない。救出したあと、どこへかくまうか」

それを言われれば、お勢も長十郎も上げた腰を下ろさねばならなかった。

しかし、忠吾郎も仁左も、急ぎたい気持ちはおなじだった。娘たちが、扁額の外された業平橋の家宅に移された目的がわからない。そこに監禁しておくのか、それとも再度いずれかへ移すためのものか……。

忠吾郎と仁左は視線を合わせ、うなずきを交わした。

（奉行所が、なにかつかむものがあるかもしれぬ）

それへの期待を、確認しあったのだ。

染谷は心得ていた。

(お奉行に、一刻でも早く現場の状況を報せねば)

神田橋御門から外濠城内に入った。内濠の大手門に向かう、大名屋敷のならぶ白壁の広い往還だった。登城する奉行の権門駕籠の一行と出会った。

「しばらく！」

染谷は駈け寄った。本来ならたちまち供の同心らに取り押さえられるところだが、町人姿でも顔を見ればわかる。同輩なのだ。駕籠は停まり、染谷は地に片膝をつき、耳打ちするように話した。

裃を着こんだ榊原忠之はうなずき、

「奉行所で待て。忠次にはまだ動くなと伝えておけ」

言うと、駕籠尻は地を離れた。

染谷が忠之の言葉を伝えるべく、田町の札ノ辻に走ったのは、まだ仁左もお勢も長十郎も、相州屋の裏庭に面した部屋にいるときだった。

「おう、大旦那の遣いで来たか」

との忠吾郎の言葉に、その場で、

「大旦那が言うには……」

と、奉行の名は出さず、忠之の言葉をその場で披露した。

「よしっ」

忠吾郎は決断した。

このあとすぐだった。

番頭の正之助には、

「お勢たちの身の振り方を決めて来るでのう。今宵は帰らぬゆえ」

告げ、仁左、お勢、長十郎をともない、鉄の長煙管を腰に出かけた。仁左の背の道具箱には脇差が二本、隠された。一本は伊佐治のもので、手裏剣はいまも伊佐治のふところにある。長十郎は大刀一本に折り目のない袴といった、浪人姿である。そこに染谷もつづいた。まだ動くなと忠之に言われていただけに、不承《ふしょう》ぶしょうといった顔つきだった。

向かいの茶店には、久蔵とおウメの老夫婦に、

「ついでに浅草へ物見遊山《ものみゆさん》もするので、お沙世も一緒にと思うてな。きょうあす戻らんでも、心配されるな」

と、安心させた。そのためにも忠吾郎は、

（お沙世に白刃の下をくぐるようなことはさせられぬ）

思っている。

お紀美はなにやら察するものがあったらしく、

「あたしも」

言ったが、

「おまえはお沙世の代わりをするのだ。それも立派な合力《ごうりき》だぞ」

忠吾郎に言われ、お勢からも、

「そうして、お願い」

などと言われれば、従わざるを得ない。

一行が向かったのは、忠吾郎の言ったとおり浅草だった。

陽がかなりかたむいている。

吾妻橋に近く浅草広小路の材木町《ざいもくちょう》に暖簾を張る、近江屋《おうみや》という旅籠に草鞋を脱いだ。業平橋が、そこからならかなり近くなる。

やはり浅草の洒落《しゃれ》た土地柄か、大店《おおだな》のあるじ風に若い浪人、羅宇屋に町娘に、さらに遊び人風といった奇妙な組合せの一行に、旅籠の番頭も女中も怪訝《けげん》な表情になるよりも、おもしろがっていた。そこへまた竹馬の古着売りに町娘、場合によっては屋台のそば屋まで加わることになる。番頭も女中もますますおもしろがることだろう。だが旅籠の仁義として、宿帳に名前は記しても、どういうご一行さまでと訊いたりはしない。
　忠吾郎は相応の部屋数を旅籠に用意させた。
　奉行から動くなと言われている染谷はもう、
（勝手にしなされ）
　といった表情になっていた。
　一行が歩いた距離はかなりのものだ。すでに陽は西の空に大きくかたむいてい
る。染谷は、
「それでは」
　と、忠吾郎がすでに動きはじめたことを忠之に告げるため、急ぐように近江屋
を出た。お奉行からも〝奉行所で待て〟と言われているのだ。
　仁左も、お沙世が札ノ辻へ帰ろうとするまえに、今宵は浅草でと告げなければ
ならない。やはり急ぐように、染谷と一緒に近江屋を出た。言えばお沙世は大喜
びするはずである。
　そのあとの忠吾郎は、染谷が忠之の言葉を持って帰って来るのを待つ身となっ
た。

忠之は城中で、中野清茂に会うはずである。御用部屋の廊下ですれ違う機会を画策しなくても、北町奉行の榊原忠之が目通りを申し入れれば、かならず時間を割《さ》くはずだ。いま巷《ちまた》でうわさされている若い娘の拐かしの生き証人が、亀戸村の屋敷から幾人も出て来れば、日啓の娘で自身の養女でもあるお美代の方が、いかに大奥で擁護《ようご》しようと、窮地に立たされることは必至である。

実際に、榊原忠之は中野清茂に、卒爾《そつじ》ながらと目通りを申し入れ、清茂は応じていた。忠之は清茂の身を案じるように言ったものである。

「先般も申し上げました通り、不祥事が起こりませぬよう、奉行所の方では万全の態勢をとらせております。しかしながら、いかなる不測の事態が出来《しゅったい》するやもしれませぬ。お屋敷におかれましても、じゅうぶんに警戒なされましょう」

「ご心配、痛み入るが、なあに榊原どのよ。ご安堵召されよ。当屋敷に不都合なことなどこれなく、そなたを招き、すみずみまで披露したいくらいじゃ」

「それはお心強いこと。恐悦至極《きょうえつしごく》に存じまする」

忠之は両の拳を畳についた。隠密同心の染谷結之助が奉行の駕籠をとめ、耳打ちしたことと符合している。

染谷が浅草の近江屋から北町奉行所に駈け戻ったのは、おりしも忠之が下城して来たときだった。忠之はさっそく遊び人姿の染谷を奥の部屋に呼び、言ったものである。

「どうじゃ、忠次め、おとなしゅうしておるか」

「いえ。それが、すでに浅草に入り、明日はなおさら、どう動くか判りませぬ」

「わははは、忠次らしいことよ」

忠之は大笑し、ひとこと言った。

「伝えよ。よしなに、と」

「はーっ」

染谷は拝命し、部屋を退出した。もちろん〝よしなに〟に対する協議を奉行所の同輩たちと進めた。

忠之も、定町廻り同心数名を、捕方《とりかた》とともに暫時《ざんじ》、染谷の配下に置くことを認可した。

忠之は、忠次こと忠吾郎が動くのを承知したのだ。

染谷は急いだ。今宵、染谷と玄八は近江屋泊まりとはならないものの、そこがしばし、娘六人救出の本陣となるのだ。

染谷が近江屋に入ったとき、すでに陽は落ち広小路は閑散としていた。だが一歩脇道に入れば、脂粉の香に妓《おんな》の嬌声を乗せた、門前町特有のにぎわいを見せている。広小路に面した材木町も、その一画をなしている。

近江屋の二階の部屋では、仁左と伊佐治にお沙世、さらに玄八も草鞋《わらじ》を脱ぎ、そこへ染谷が駈けつけ、緊張のなかに軍議が開かれた。

お沙世はすでに、棹の操り方にかなりの自信をつけている。実際に横川の土手に急ぎ駈けつけた仁左から、今宵は浅草泊まりだと告げられたとき、棹を握り締め喜んだものである。

策が忠吾郎の口から語られるなかに、

(待っていて、お郁。あと一日の辛抱だから)

お勢は念じていた。

打込みは、

「明日、準備が整いしだい」

忠吾郎の言葉に思わず染谷が応えた。

「御意」

「ん？」

聞きなれない染谷の言葉に、伊佐治は首をかしげた。それにさきほど染谷は、〝大旦那も承知しておりやす。人を手配し、周囲に配置しておきやしょう〟と、言ったのだ。伊佐治にはそれが、なにやら雲の向こうの話のように聞こえた。

その染谷が玄八をともない、近江屋を退出したあと、伊佐治は言った。

「承知しているとか、人を手配して周囲に配置しておくとか、呉服橋の大旦那たあ、いってえどこまで偉《えれ》えお人なんで？」

「まあ、偉えお人だ。それより、あしたもまた早起きだ」

行灯の灯りのなかに仁左がさらりとかわし、

「今夜にでも夜討ちを！」

「でも、この時分じゃ、舟がないから」

お勢が言ったのへ、お沙世は落ち着きを見せた。

## 五

「早いご出立《しゅったつ》と聞いておりましたが」

と、近江屋の女中が手燭《てしょく》を手に、廊下から声を入れたのは、まだ外の暗いうちだった。

部屋の中はすでに行灯に火を入れ、それぞれが身支度を整えていた。忠吾郎は来たときとおなじ、角帯《かくおび》をきちりと締め、羽織《はおり》を着けた大店のあるじを扮《こしら》えている。扮えなくても、相州屋の歴《れっき》としたあるじなのだ。

お勢とお沙世は町娘であり、大店の女中のようにも見える。恰幅《かっぷく》のいいあるじと一緒なら、その娘にも見え、周囲に違和感を与えることはなかった。

仁左と伊佐治は最も動きやすい、股引《ももひき》に腹掛《はらが》け、腰切半纏《こしきりばんてん》に三尺帯をきつく締め、足には甲懸《こうがけ》を履いていた。羅宇屋の道具箱を背負っても竹馬の天秤棒を担いでもサマになる。長十郎は大刀一本の浪人姿だ。寺を出奔したのだから、すでに正真正銘の浪人である。

一行は雨戸の閉まっている近江屋の前で女中に見送られ、提灯を手にまだ人の出ていない吾妻橋を渡った。むろん、ひとかたまりではない。

互いに提灯の灯りで相手を確認しあいながら町場や武家地を抜け、業平橋の手前の町場で止まった。

業平橋を渡れば、両脇が西尾家の下屋敷と元智泉院分院であり、手前も武家屋敷で辻番所があり、暗いうちにぞろぞろと前を通れば怪しまれるだろう。日の出はまだだが、東の空がすでに明るみかけている。

そこから先陣を切り、いくらか前かがみで急ぎ足に辻番所の前を通ったのは、仁左と伊佐治だった。商売道具は担いでいない。ふところに匕首《あいくち》や手裏剣を忍ばせても、外から見える脇差は帯びていない。

武家地の辻番所は、近くの武家屋敷から中間や足軽が番卒として詰めている。数人いる番卒は二人の影を見ていたが、職人姿がひと目でわかるほど、明るさが増している。朝早くに仕事を頼まれた職人が、仕事場へ急いでいるようにしか見えない。

業平橋を渡った。すでに勝手知った地形である。西尾家も元分院も、門は閉ざされ、動きの気配はない。

二人の影はおもての通りから消えた。脇道から元分院の裏手にまわったのだ。勝手口の近くから、伊佐治が白壁の屋根瓦に手をかけ、さっと身を躍らせ、壁の屋根の上にまたがると、手を伸ばし、仁左をひょいと引っ張り上げ、二つの影はすぐさま壁の内側に消えた。元軽業師の伊佐治は、塀を乗り越えるなど朝めしまえである。仁左も相応の技は積んでおり、伊佐治にピタリと呼吸を合わせた。

この策が話し合われたとき、

「――ほれ、増上寺向こうの旗本の内儀を、三田の幽霊坂《ゆうれいざか》で……」

「――ほうほう、思い出すぜ」

と、二人は顔を見合わせた。あのときは二人ともするすると木に登り、女乗物の一行を待ち受け、手裏剣と矢を打ちこんだものである。

塀からひらりと舞い降りると、そこは裏庭だった。あまり手入れされていない。そのほうが身を潜《ひそ》めやすい。

入ったのは、きのう運ばれた娘たちが、まだこの建物内にいることと、塀の内の警備状況を探るためだった。どこのどのような屋敷でも、日の出ごろに、朝の井戸端や裏庭に面した縁側の気配を探れば、屋内の人数や警備状況など、およそ判るものである。

そこが裏庭であれば、井戸の場所はすぐにわかった。

かつては植込みであったと思われる雑木の茂みに、二人は身を隠した。あたりには歩けばくるぶしを隠すほどに雑草が生え、井戸から踏み固めた道がひと筋、母屋の裏手に延びている。そこがおそらく台所であろう。

二人の目はそこに集中した。

裏庭に面した廊下の雨戸も見えるが、全体が寺の造作ではない。尾羽打《おはう》ち枯《か》らした武家屋敷といった風情だ。おもての門構えだけは手入れされていたが、人手が足りずにこうなったのだろう。

庭も家屋も手入れの行き届いた中野屋敷から、廃屋《はいおく》かと思えるような家宅に移され、丸一日がたつ。娘たちはいっそう不安を募らせていることだろう。

そろそろ日の出である。

「おっ」

台所の板戸が動いた。

「さあ、そこの井戸で顔でも洗って来い」

と、姿を現わしたのは、下男風の男だった。この場に染谷か玄八がいたなら、その男が、日源が拐かし目的の辻説法に出たとき、常に付添っていた下男の一人であることに気づいただろう。

廊下の雨戸も音を立てた。開けて伸びをしたのは、もう一人の下男だった。少なくとも垣井ともう一人の武士がいるはずだが、姿は見えない。まだ寝ているのだろう。

「早くしろ」

ふたたび、荒々しい声が聞こえた。娘たちがぞろぞろと出て来た。数えるまでもなく六人、きのう早朝、顔は笠で見えなかったが、荷足船で送られて来た娘たちである。

若い女が六人もいて、はしゃぐようすもなく、聞こえるのは釣瓶《つるべ》の音と水音ばかりである。寄子宿の朝の井戸端と違い、あまりにも寂しい。

雨戸が開けられ、縁側から見える障子の部屋も、閑散《かんさん》としている。この家屋に娘たち以外、

(人数は少ない)

茂みの奥で、仁左と伊佐治は看《み》て取った。

日の出である。

井戸端にも陽が射した。娘たちは、なんの反応も示さない。仁左と伊佐治は暗《あん》澹《たん》たる気分になり、うなずきを交わし、あとずさりしながら顔を見合わせた。

(この分なら、いまからでも救い出せそうだぞ)

二人の表情は語っていたが、そうしたときの騒ぎをどう鎮めるか、それを思う分別が二人にはあった。

草を踏む音は、釣瓶と水音が消してくれている。それに、建物全体に、外に対する警戒がまったくないように感じられる。娘たちが逃げ出さなければそれでい

いのだろう。その娘たちは無気力で、逃げ出す気配はない。

勝手口の小桟《こざる》をはずし、そっと仁左が外に出た。伊佐治は茂みの中に残った。

近江屋で話し合った、策のとおりに動いている。

残ったのが伊佐治なら、垣井俊介たちに見つかっても手裏剣を放ち、塀の外に逃げ出すことはできる。だがそうなれば計画はくずれ、闇雲に打込まざるを得なくなる。娘たち全員を生きたまま救い出すのは、困難とならざるを得ない。

残った伊佐治も、外に出た仁左も、心ノ臓の脈動を極度に高めている。

その緊張のまま、仁左は外見を悠然と保ち、ふたたび業平橋の橋板を踏んだ。

引き返しているのだ。

下を見た。舟寄場である。

来ていた。

猪牙舟が五艘、船頭が三人、もう一人は玄八だった。

朝日を背に、玄八が手を振った。仁左も手を上げ、対岸の辻番所の前を過ぎ、忠吾郎らの待つ町場に急いだ。本物の船頭は両国から舟だけ運ばせ、業平橋の舟寄場から、陸路帰したのだ。玄八と一緒にいるのは、捕方のなかから選んだ、棹さばきに心得のある三人だった。もう一艘はお沙世が飛び乗ることになっている。

町場にはすでに朝の棒手振が一人、二人と出ているが、まだ人通りはない。

遊び人姿の染谷が来ていた。玄八と一緒に、両国から猪牙舟で来たのだ。

「おう、染どん。見やしたぜ、ありがてえ。五艘もありゃあ充分だ」

駈け寄りながら言う仁左に、

「で、中のようすはどうだった」

訊いたのは忠吾郎だ。

「へいっ」

と、仁左は、娘六人がまだ家屋内にいること、外に対する警戒のほとんどないこと、屋内に人数はさほどいないと思われることなどを、口早に話した。

「怯えさせ、望みを失わせているのですね。許せないっ」

「おそらく。中には垣井俊介もいるはずです。日源も！」

お沙世が言ったのへ、お勢がつづけた。

「逃がす準備は整えておりやす。さあ、旦那」

「ふむ」

染谷が言ったのへ忠吾郎はうなずき、

「行くぞ。すべて昨夜話した策のとおりに」

一同は低く緊張を帯びた声を返し、三々五々に町場を離れ、つぎつぎと辻番所の前を過ぎた。仁左は羅宇屋の道具箱を背負い、竹馬の天秤棒は染谷が担いだ。

辻番所には、袴に筒袖《つつそで》の番卒が五人ほど詰めている。きょうは朝から人がよく通るなあといった風情で、六尺棒を小脇に見ている。怪しいようすはなく誰何《すいか》はしなかった。脇差は竹馬の古着の下に忍ばせ、お沙世とお勢も念のため、短刀を胸に収めている。

朝日を受けながら橋を渡ると、すぐたもとに竹馬を据え、横に羅宇屋の道具箱を置いた。

門前近くにいきなり浪人や町人、それに若い女までたむろしだしたことに、西尾家下屋敷の門番は奇異に思ったか、耳戸を開け六尺棒を小脇に出て来た。

浅草材木町の近江屋を出たときから、戦《いくさ》は始まっているのだ。

その第一の関門が辻番所なら、西尾家下屋敷の門前は第二の関門である。

六尺棒の門番は言った。

「なんでえ、きょうはそば屋じゃなくて、古着屋かい」

「へい。羅宇屋も来ておりやす。いかがでござんしょう」

お沙世とお勢は古着を物色するふりをしている。朝早くからというのはいくらかおかしいが、女が古着を物色……そこに不思議はない。

「おう、羅宇屋もかい。だったら、あとで来ねえ」

と、門番は引き返し、耳戸は中から閉じられた。

「行くぞ」

忠吾郎が言ったときには、舟寄場から船頭姿の玄八も腰に脇差を仕込み、そこに加わっていた。

「はい」

と、返事をしたのはお沙世だった。

忠吾郎とお沙世が元分院の門に近づき、耳戸を叩いた。

仁左は脇差を三尺帯に差し、もう一本を手に素早く裏手の勝手口にまわった。

すでに太陽は昇っているが、業平橋にこの一群以外、人通りはない。

幾度目か叩いたとき、耳戸が開き、

「なんですかい、こんな早朝に」

と、さっき裏庭に面した雨戸を開けた下男が顔をのぞかせた。

忠吾郎は言った。

「浅草の口入屋だが、こちらの屋敷に用があって来やした」

「な、なんですか」

言いながら押入る忠吾郎のあとにお沙世もつづいた。

裏手では、仁左がすでに勝手口から裏庭に入り、植込みの茂みの陰で、

「もうすぐ始まるぜ。さあ、これがおめえの差料《さしりょう》だ」

脇差を伊佐治に手渡した。

「待っていたぜ。ありがてえ」

受け取り、職人姿の三尺帯に差しこみ、茂み越しに母屋のほうを窺《うかが》った。

六

押出しの効く風体で、強引に耳戸へ押入った忠吾郎にお沙世もつづき、その背を竹馬の横からお勢と長十郎が逸《はや》る思いで見つめている。

長十郎はすでに刀に手をかけ、

「あの門内に、垣井俊介が！」

肚《はら》から声を絞り出したのへお勢も、

「さあ、お郁！　イザ日源、許しませぬぞ」

女ながらかすれた声で言った。

(日源はここにいるはず)

忠吾郎は兄・忠之の〝よしなに〟の言葉から、それを推測している。

表門もそうであったが、母屋の正面玄関のまわりも裏手とは異なり、手入れが行き届いている。

「なんなんですか、おまえさま方は」

言いながら二歩も三歩も下がった下男に忠吾郎は、

「だからさっきも言ったろう。浅草の口入屋だと」

その背後に、お沙世がぴたりとついている。

下男は完全に忠吾郎に呑まれている。

「そ、それが、なに用で」

「ふふふ。こちらの御坊が日々、辻説法に立たれ、見目うるわしい娘御を集めておいでのことと聞く。そのことにて日源どのに用じゃ。お取次を願いたい」

高飛車《たかびしゃ》なもの言いに下男は忠吾郎の背後に目をやった。若く、忠吾郎の言葉にふさわしい娘が立っている。この意味では、お沙世は囮といえた。

「し、しばらくお待ちを！」

下男は言うなり、

「日源さまア、垣井さまア」

母屋の玄関に飛びこんだ。

その声は、裏庭にまで聞こえていた。

植込みの茂みに潜む仁左と伊佐治は、

「始まったぞ」

「ようし」

低く交わし中腰になって身構え、つぎの気配を待った。

玄関前では、下男の慌てた声に忠吾郎は、垣井俊介だけでなく日源もいることを確信し、

「そろっておるぞ。行け」

「はい」

忠吾郎は玄関内に踏み入り、逆にお沙世はくるりと身を返し、いま入った耳戸を走り出て、

「お勢さん！　長十郎さま！　います、二人ともっ」

低く声を投げた。

「さあ、お勢どのっ」

「はいっ」

お勢と長十郎は耳戸に向かって駈け、染谷がつづき、玄八は竹馬と羅宇屋の道具箱の番をするようにその場に残った。このあとお沙世は素早く裏手に走った。

母屋の玄関口では、すでに忠吾郎が三和土《たたき》に立っている。

板敷きにつづく廊下の奥から荒々しい足音とともに、

「どうした、誰が来たのだ」

声が聞こえ、まだ夜着のままの男が空手で出て来た。

そのうしろに、これも夜着のままだが坊主頭の男が、

「若い娘を連れた口入屋だと？」

と、つづいている。

忠吾郎はかすかに腰を落として言った。

「垣井俊介どのに日源どのでござるな」

「うっ。なにゆえ名を！」

「そなたはいったい!?」

と、二人は戸惑いを見せた。

当人たちに間違いない。

つぎの瞬間だった。

「許せねえっ」

忠吾郎の身が板敷きの間に飛翔し、

「うわあっ」

叫び声は垣井俊介だった。

鉄の長煙管が垣井のひたいを打ち据え、血が飛び散った。

「な、なにやつ！」

驚愕した日源はあとずさり、いま来た奥へ逃げこもうとする。

裏庭である。

玄関口の騒ぎに、

「いまだっ」

「おうっ」

仁左が脇差を抜き、伊佐治は手裏剣を手に飛び出し、

「お郁ちゃん！　お勢さんが来ているぞ！」

「お末さんっ、湯島の神田屋に頼まれて来たぞうっ」

大声で叫びながら裏庭から廊下に駈け上がった。

これは効いた。

娘たちは怯え切っている。突然の玄関口の騒ぎにも、身の縮む思いになり、身を硬直させたことだろう。そこへ名を呼ばれた。自分たちを助けに来たことは明白だ。他の娘たちも助けの入ったことに、身の硬直を解いたはずである。

「きゃーっ」

喜びとも悲鳴ともつかない声を発し、

「どこにいるうっ。出て来なされっ」

仁左の声がつづいた。

「声は縁側のほうっ」

「早くうっ」

娘たちは互いに声をかけあい、裏庭の縁側のほうへ走った。

「こらあっ、待たんか！」

別室にいたもう一人の武士が、これはさすがに夜着ながら大刀を左手に、縁側のほうへわらわらと走り出した娘たちを追い、抜き身を振り上げた。

「きゃーっ」

娘たちの叫びは恐怖の声になっていた。

玄関口では奥へ逃げようとする日源を忠吾郎が、

「逃がさんぞ」

鉄の長煙管を手に追った。

長十郎とお勢が三和土に飛び込んだ。

ひたいから血を流し、瞬時、脳震盪《のうしんとう》を起こしたかまだふらついている垣井を二人は見た。

「いたかっ、垣井俊介！　おまえに殺された者たちの恨み、晴らさんっ」

長十郎は板敷きに跳び上がるなり、抜身の大刀を大上段から振り下ろした。

——ズシッ
肉と骨を斬る音に、

「ぐっ」

垣井はかすかにうめきを発し、鮮血を噴きながらその場に崩れ落ちた。

「お見事！」

背後からの声は、二人を護るように脇差を抜き、身構えていた染谷だった。

「お勢どの、あと一人」

「はいっ」

長十郎とお勢は忠吾郎の背を追い、染谷もそれにつづいた。

娘たちの悲鳴が聞こえる。裏庭に面した縁側である。

手裏剣を振りかざした伊佐治と、大刀を振り下ろそうとする武士のあいだを、
娘たちがつぎつぎに庭へ飛び下りていた。

「えいっ」

伊佐治は手裏剣を放った。

娘一人の髷《まげ》の上を手裏剣はかすめ、

――カチン
まさに振り下ろされようとした刀身に当たった。

「うっ」

と、武士の動きが止まった。

その瞬間を仁左は逃さなかった。

身をかがめ、娘の脇をすり抜け、

「だあーっ」

「ぐえーっ」

抜き身の脇差を下段から撥《は》ね上げ、武士の腹から胸を斬り裂き、鮮血が噴き上がる前に、仁左は血潮とともに崩れ落ちる武士の背後に走り抜けていた。

勝手口から裏庭に入っていたお沙世が、

「こっち、こっち。こっちへ逃げてっ」

手を上げ飛び上がり、娘たちを呼んだ。

「あぁぁぁぁ」

と、娘たちは引きつけられるように、裸足《はだし》のまま裏口へと思いっ切り雑草を踏みしだいた。

屋内の一室では、忠吾郎が日源を追いつめていた。

長十郎とお勢もそこへ駈けつけ、染谷もつづいている。

「おっ、おまえたちは！」

打込んで来たのが智泉院長十郎と庄屋の娘・お勢であることに、日源は気づいたようだ。

壁に背をすりつけ、右手を前面に突き出し、

「ま、待て。待ってくれ」

命乞いの態になった。

染谷が言った。

「旦那！　ここはお任せをっ」

「おうっ。よしなにっ」

忠吾郎は鉄の長煙管を引き、もとの玄関口に走り、なおも閉ざされている正面門の耳戸から外へ飛び出た。

外では、さすがに向かいの家宅の騒ぎが聞こえたか、西尾屋敷の開けられたばかりの正面門から、門番ばかりか藩士たちまでもが走り出て来ていた。

それに向かって竹馬の留守番をしていた町人姿の玄八が、両手で押しとどめる仕草をとり、

「お待ちくだせえ。これは町場の者同士の諍《いさか》いにござんしょう。そこへお武家が係り合うのは、よろしゅうござんせんぜ。お家大事に！」

そのとおりである。

上役らしい武士がうなずきを見せ、他の藩士や門番たちに、

「さあ、屋敷へ戻るのじゃ」

その言葉に、情況のわからないまま出ていた者たちは門内に戻り、敷地内から

眺めるかたちになった。

その者たちの目に、向かいの耳戸から出て来た忠吾郎の姿が見えた。

忠吾郎は長煙管を腰の帯に戻し、業平橋に走った。

辻番所からも、番卒たちが六尺棒を手に走り出て来ていた。

橋の上である。忠吾郎は仁王立ちになって両手を広げ、

「お待ちくだせえ」

さきほどの玄八とおなじ台詞《せりふ》である。

だが、この役目は忠吾郎でなければならなかった。

辻番所の役務が武家地の警備であれば、橋向こうにも西尾屋敷があるように、その向かいが得体の知れない智泉院分院の扁額を出していたとしても、一帯は武家地である。番卒らは西尾家の藩士とは異なり、役務として出張って来たのだ。

それを押しとどめるには、ともかく最初の貫禄が必要である。

番卒らが足を止めたところで、あとの台詞が玄八とは違った。

「あの家宅はいまや何様のものとも知れず、そこでの町衆の諍いに係り合い厄介を背負いこめば、そなたらが個々に責を追及されることになりましょうぞ」

番卒らは、各屋敷から出張って来ている足軽や中間たちである。

「ううっ」

と、六尺棒を抱えたまま及び腰にならざるを得ない。

そこへ、裏手の勝手口につながる脇道から、

「さあ、こっちよ、こっち。早うっ」

と、お沙世に先導された娘たちが、着物の裾をたくし上げ、わらわらと走り出て来た。番卒たちは、呆気にとられた態になっている。

西尾屋敷の藩士らを押しとどめた玄八がさらに、

「こっち、こっちだぜ！」

と、お沙世を先頭に、娘たちを舟寄場へいざなった。

玄八の差配でつぎつぎと猪牙舟に乗りこむ。

「さあ」

「はいっ」

玄八のかけ声だ。お沙世も棹を握り締め、舟寄場の石畳を突いた。

娘たちの乗った二艘の猪牙舟が流れに乗った。

お沙世は必死だった。

家屋の中では、忠吾郎のあとを受けた染谷が、なおも命乞いをする日源に、

「見苦しいぞ、日源！」

罵倒するなり一歩踏みこんで脇差を振り下ろし、右肩を斬り裂いた。血潮が飛ぶ。日源が空手であれば、それは懲罰《ちょうばつ》と言えた。

さらに長十郎が大刀を、

「智泉院信徒らに代わり、天誅《てんちゅう》！」

と、左腕を斬り落とさんばかりに振り下ろした。

「うぐぐっ」

日源は壁にもたれかかってうめき、大量の血を噴き出しながらも、まだ絶命していない。

「とどめを！」

長十郎にうながされお勢が、

「諸々《もろもろ》の仇《かたき》っ」

体当たりするように突進し、その胸部に短刀の切っ先を刺しこんだ。

日源の身は壁に寄りかかったまま、ずるずると崩れ落ちた。染谷が身をかがめ、日源の絶命を確認するなり、

「早う！」

お勢と長十郎を急かし耳戸を出たのは、娘たちが猪牙舟に分乗し終えたときだった。二艘がすでに舟寄場を離れている。その一艘の棹さばきはお沙世だった。返り血を浴び、耳戸から飛び出て来た三人は舟寄場に走った。

ここから両国までの差配は染谷である。

このとき仁左は羅宇屋の道具箱を背負い、伊佐治は竹馬の天秤棒を担ぎ、野次馬一番乗りの態をとっていた。

実際に百姓地のほうから走って来る幾人かの影があり、業平橋にはすでに町場から走って来た町衆が橋板にけたたましい足音を立て、忠吾郎はその中に紛《まぎ》れこんでいた。

このあとすぐだった。十手をかざした同心を先頭に町方の一群が、

「どけどけどけいっ」

と、業平橋を走り渡った。さきほどの忠吾郎の言葉がなかったなら、辻番所の番卒たちは六尺棒を振りかざし、町方の行く手を遮《さえぎ》ったかもしれない。

このとき忠吾郎も仁左、伊佐治も、すでに何事もなかったように大川の吾妻橋に向かっていた。

# 七

五日ばかりを経た。

業平橋の家宅での騒動に、寺社奉行も武家地管掌の目付《めつけ》も、係り合うことはなかった。

――武家地の空き家に町者が入りこみ、起こした騒動として、町奉行所が処理したのだ。

駈けつけた北町奉行所の捕方は、身許不明の坊主頭の町人一人、浪人二人の死体を収容し、無縁仏として処理した。

あと少なくとも下男が二人いたが、騒動の最中に逃亡したか行方不明となり、その後の調べでは、在所の中山に逃げ帰った形跡もなかった。

猪牙舟が掘割の横川から竪川に入り、両国の舟寄場に着くあいだには川岸の随所にも、なにがしか邪魔が入らぬよう定町廻り同心の手の者が、さりげなく警備についていた。

別々の猪牙舟に乗ったお郁とお勢は、両国の舟寄場の石畳で、初めて抱き合ったものだった。

そのあといったん相州屋の寄子宿に落ち着いた娘たちは、

——期限切りの武家奉公に出ていた
と、こしらえ、それぞれの親元に帰った。北町奉行所の配慮だった。そのなかには、湯島一丁目の神田屋のお末もいた。お郁も姉のお勢と話し合ったあと、おなじ名目で幼馴染であるお紀美と一緒に中山在の親元に帰った。

すでに中野屋敷を経て、旗本や大店のあるじの妾《めかけ》奉公を強《し》いられていた娘たちも、この例に倣った。

中山代官所の役人も中野家の家臣なのだが、

「当屋敷に垣井俊介なる家臣はおらず、失踪した者もいない」

と、清茂は公言し、日啓も、

「智泉院が江戸に分院を置いていたなど承知していない」

と、寺社奉行の松平宗発《むねあきら》に明言したのだった。

北町奉行所があの家屋を空き家とし、死体を浪人と町人のものとして処理したことと合致している。

あちこちの妾宅《しょうたく》や商家の寮から、幾月切りかの武家奉公か商家の奉公に出ていたとして、親元に戻った娘は十数人に及んだ。その奉公先がいずれもまともであったことは、奉行所が娘たちの町の自身番に証明した。

こうした一連の措置によって、中野清茂と日啓、それに大奥のお美代の方の権勢には、一点の瑕《きず》がつくこともなかった。

榊原忠之と忠次こと相州屋忠吾郎が、浜久の奥の部屋で対座していた。いつものようにとなりの部屋は空き部屋にし、二人はあぐらを組んでいた。

忠吾郎は部屋に入ったときから、いくらか渋面になっていた。

その忠吾郎に、忠之は開口一番、言ったものである。

「さすがじゃのう。よくぞ業平橋の件を他に波及させることなく、騒ぎも最小限に抑え、うまく処理してくれた。礼を言うぞ」

「ふふふ」

忠吾郎は渋面から不敵な笑みをこしらえ、

「兄者はわしを、手の平の上で動かしたとお思いじゃろ」

「いや、決してさようなことは」

「いいや、思うておいでじゃ。あの家宅から智泉院分院の扁額を外させたのは、兄者の差し金でしたのじゃろ。中野清茂も日啓も、その策に乗った。そして兄者は〝よしなに〟と、わしに即座の打込みを示唆《しさ》なされた。その日こそ、娘たちが業平橋に移され、日源と垣井俊介がそこにいるときだった」

「そこよ、忠次」

と、忠之は忠吾郎の予測を肯是するように言った。

「もしもそなたらが亀戸村の屋敷に打込み、中野清茂や日啓らの首も上げていてみろ。いまごろ目付どころか大目付や寺社奉行の手の者どもが、一丸となって札ノ辻へ殺到しておるぞ。そうなりゃあ、儂の手ではもう支えきれんわい」

「ううう」

忠吾郎はうなった。そのとおりなのだ。

「ふふふ、忠次よ」

「なんでやしょう」

「闇奉行として、影走りをするのが嫌になったか」

「いいや。これによって中野清茂も日啓も向後、町場に係り合うことはありますまい。やつらが柳営や大奥でなにをしようが、それはわしら町者には係り合いのないこと」

「そこじゃ。こたびのようにやつらが町場に出て来ても、現在《いま》の仕組じゃ防ぎようがない。儂は、いい弟を持ったと、天に感謝しておるぞ」

「御意」

忠吾郎はおどけた口調で返した。

まだ西の空に陽は高い。

寄子宿では、お勢と長十郎が忠吾郎の帰りを待っている。

長十郎はようやく〝智泉院〟の名を捨てた。お勢と一緒に、他所で新たな暮らしを始めるというのだ。お勢の実家が庄屋であれば、頼りになる親戚も多く、ようやく向後に目処《めど》がつき、きょうがその出立の日なのだ。

神田屋のお末の着物と書付を古着屋に託した、中野屋敷のお菊については、

「身の安全を考慮してのう、中野屋敷に話をつけ、榊原家に奉公させることにした。場所は奉行所内の役宅じゃ」

忠之のさすがの手まわしに、忠吾郎はホッとした。

この日、忠吾郎の帰りを、きょうこそはと待っていた者が、もう一人いた。

伊佐治である。

業平橋から帰って来て以来、伊佐治がなにやらふさぎ込んでいるのを、仁左は

気づいていた。だが伊佐治は仁左にはなにも言わず、むしろ避ける素振りさえ見せていた。

忠吾郎が帰って来て、お沙世も一緒にお勢と長十郎を見送り、相州屋も向かいの茶店もすっかり以前の姿に戻ってからだった。

「正直に言ってくだせえ」

と、伊佐治は詰問《きつもん》するように忠吾郎と対座していた。裏庭に面したいつもの部屋で、仁左も同座していた。忠吾郎と仁左はあぐらを組んでいるのに、伊佐治は端座だった。くずせと言われてもくずさなかった。これだけでも異常である。

「どうしたのだ、伊佐治」

忠吾郎が言ったのへ、伊佐治は返した。

「どうしたのだじゃありやせんぜ。向こうの染どんも玄八どんも、おもしれえ人たちだが、こたびの話、あまりにもうまくできすぎじゃありやせんかい」

「あっ」

と、仁左は声を上げた。伊佐治の機嫌の悪い理由が、わかったのだ。

その仁左を伊佐治はじろりと睨《にら》み、

「おめえさん、知ってたんじゃねえのかい」

これまでにない口のききかたをし、端座のまま視線をふたたび忠吾郎に据え、

「ここまで来りゃあ、馬鹿でもわかりまさあ。業平橋を引き揚げるとき、町方の一群とすれ違いやした。親分も仁左どんも、それをあたりめえのように見ていなさった。舟の用意も、暗いうちに急に五艘など、十手をちらつかせなきゃそろえられねえ。道すがら、邪魔がまったく入らねえ。ありゃあいってえ、なんなんですかい。染どんも玄八どんも、奉行所の役人に通じているんじゃねえんですかい。だったら呉服橋の大旦那たあ、なんなんですかい。奉行所の手先じゃねえんですかい」

一気にまくし立てたのへ、

「伊佐どん、あれはなあ」

仁左が観念したように言いかけたのへ、

「待ちねえ、仁左どん。伊佐治がいきり立つのには、原因《わけ》があってなあ」

忠吾郎が喙《くち》を容《い》れた。

仁左は助かった。このあとの言葉を持ち合わせていなかったのだ。

忠吾郎は語った。

「小田原で、伊佐治がわしの一家にころがりこんで来たのは、ありゃあいつだっ

たかなあ。忘れちまったぜ。軽業に手裏剣の曲打ちをしてやがった。旅の一座だったなあ」

「へえ」

伊佐治はおとなしくうなずいた。

忠吾郎はつづけた。

「江戸のはずれで興行を打っていたとき、なにかの濡《ぬ》れ衣《ぎぬ》で、江戸町奉行所の役人に、伊佐治が親とも慕っていた座長夫婦が斬り殺されたのよ。一座はそれでばらばらになり、伊佐治は小田原にたどりつき、わしと出会ったってわけよ」

「そういう経緯《いきさつ》があったので」

伊佐治は忠吾郎と仁左のやりとりを、うなずきながら聞いている。

忠吾郎の言葉はつづいた。

「それで江戸の町奉行所といやあ、伊佐治にとっちゃ、この世で最も憎むべき親の仇よ」

「なるほど、そうなりやすねえ」

返した仁左は、包みこむように伊佐治を見つめた。

「だからよ、わしは伊佐治を江戸に呼んだものの、つい言えなくてよ。ずっと気になっていたのよ。このさきは仁左どん、おめえから話してくんねえ」

忠吾郎は仁左に話をふった。

伊佐治の視線は仁左に向けられた。

仕方なく仁左は、受けるようにひと呼吸し、言った。

「おめえさんが気づいたとおり、実は、染どんも玄八どんもなあ」

「役人とつながってるってんだろう。そんなのはわかってらい。俺が訊きてえのは、呉服橋の大旦那ってえ人のことでえ。呉服橋といやあ、北町奉行所がすぐ近くだってことくれえ知ってらあ。そこと、よっぽど係り合いのあるお人なんだろう。え、どうなんでえ」

「そこなんだ、伊佐どん。聞きねえ。いまの北町奉行は、榊原主計頭忠之さまとおっしゃる」

「それがどうしたい」

「つまりだ、忠吾郎旦那のご本名は、榊原忠次……忠之さまの、実の弟ってえ寸法なのさ」

「な、なんだって！　げえっ」

伊佐治は最初の驚きに、また驚きを重ねた。

あとは、まじまじと忠吾郎の顔を見つめた。

伊佐治とて、武家地と町場、寺社地などの支配違いを心得ている。それを悪党が利用していることも知っている。こたびの日源の行状が、まさしくその典型だった。

仁左は話した。

「だから、大旦那のお奉行が苦慮なされ、相州屋《うち》の旦那に……な。だからといって、俺たちが呉服橋の差配で動いたわけじゃねえ。俺たちに隠密廻り同心の染谷結之助どのや、岡っ引の玄八どんらが、合力してくれていたのよ。おめえさんも、日源みてえな輩《やから》は許せねえだろが」

「ああ」

「呉服橋の大旦那も染どんも玄八どんも、そこはおなじってことよ。だが、おもての人だからできねえことがある。だからお頭は、それを助《す》ける闇奉行ってとこかなあ」

「うううっ。染どんも、玄八どんも……」

伊佐治はうなった。まだ、苦悩に顔をゆがめている。

忠吾郎はかぶせた。

「おめえに隠していたことはすまねえ。これでいま、ようやく胸の痞《つか》えがとれたぜ。だがなあ、世のためを思えば、闇仕事、わしはやめぬぞ。どうだ。向後も、一緒に走ってくれるかえ」

仁左も、伊佐治を見つめている。

数呼吸のあいだ、伊佐治は視線を空《くう》に泳がせ、言った。

「お頭！」

「伊佐治よ」

「へい」

「その呼び方、この三人のあいだだけにしてくれなくちゃ困るぜ。お沙世やおクマ婆さん、おトラ婆さんたちにもなあ」

「へえ、お頭。いえ、旦那」

部屋に張りつめていた緊張が、しだいにやわらいだ。

陽はもう西の空にかなりかたむいている。

おクマとおトラが帰って来た。

「お勢さんと長十郎さん、もう発《た》ったろうねえ」

「あたしら、朝のうちに別れのあいさつをしたけど。なんだねえ、急ににぎやかになったと思うたら、急にさびしくなっちまって」

「天女さまのご降臨も、ここんとこ、うわさも聞きゃあしない」

「あんたら、聞いたら教えておくれよね。こんどこそ願い事をしないと」

交互に言ったのへ、

「ああ、聞いたらな」

伊佐治が応えた。

闇奉行　娘攫い

一〇〇字書評

切・り・取・り・線

**購買動機**（新聞、雑誌名を記入するか、あるいは○をつけてください）

| | |
|---|---|
| □（　　　　　　　　　　）の広告を見て | |
| □（　　　　　　　　　　）の書評を見て | |
| □ 知人のすすめで | □ タイトルに惹かれて |
| □ カバーが良かったから | □ 内容が面白そうだから |
| □ 好きな作家だから | □ 好きな分野の本だから |

・最近、最も感銘を受けた作品名をお書き下さい

・あなたのお好きな作家名をお書き下さい

・その他、ご要望がありましたらお書き下さい

| | | | | | |
|---|---|---|---|---|---|
| 住所 | 〒 | | | | |
| 氏名 | | 職業 | | 年齢 | |
| Eメール | ※携帯には配信できません | 新刊情報等のメール配信を 希望する・しない | | | |

この本の感想を、編集部までお寄せいただけたらありがたく存じます。今後の企画の参考にさせていただきます。Eメールでも結構です。

いただいた「一〇〇字書評」は、新聞・雑誌等に紹介させていただくことがあります。その場合はお礼として特製図書カードを差し上げます。

前ページの原稿用紙に書評をお書きの上、切り取り、左記までお送り下さい。宛先の住所は不要です。

なお、ご記入いただいたお名前、ご住所等は、書評紹介の事前了解、謝礼のお届けのためだけに利用し、そのほかの目的のために利用することはありません。

〒一〇一‐八七〇一
祥伝社文庫編集長 坂口芳和
電話 〇三（三二六五）二〇八〇

祥伝社ホームページの「ブックレビュー」からも、書き込めます。
http://www.shodensha.co.jp/bookreview/

祥伝社文庫

闇奉行《やみぶぎよう》　娘攫《むすめさら》い

平成28年9月20日　初版第1刷発行

著　者　喜安幸夫《きやすゆきお》
発行者　辻　浩明
発行所　祥伝社《しょうでんしゃ》
東京都千代田区神田神保町3-3
〒101-8701
電話　03（3265）2081（販売部）
電話　03（3265）2080（編集部）
電話　03（3265）3622（業務部）
http://www.shodensha.co.jp/

印刷所　萩原印刷
製本所　ナショナル製本
カバーフォーマットデザイン　中原達治



Printed in Japan ©2016, Yukio Kiyasu ISBN978-4-396-34246-3 C0193

〈祥伝社文庫　今月の新刊〉

東川篤哉
**ライオンの棲《す》む街**　平塚おんな探偵の事件簿1
美しき猛獣こと名探偵エルザ×地味すぎる助手美伽。格差コンビの掛け合いと本格推理！

渡辺裕之
**殲滅《せんめつ》地帯**　新・傭兵代理店
リベンジャーズ、窮地！　アフリカ・ナミビアへの北朝鮮の武器密輸工作を壊滅せよ。

西村京太郎
**十津川警部　哀しみの吾妻《あがつま》線**
水曜日に起きた3つの殺人。同一犯か、偶然か？　十津川警部、上司と対立！

早見和真
**ポンチョに夜明けの風はらませて**
笑えるのに泣けてくる、アホすぎて愛おしい男子高校生の全力青春ロードノベル！

安東能明
**侵食捜査**
女子短大生の水死体が語る真実とは。『撃てない警官』の著者が描く迫真の本格警察小説。

草凪　優
**俺の美熟女**
羞恥と貪欲が交錯する眼差しと、匂い立つ肢体。俺を翻弄し虜にする、〝最後の女〟……。

天野頌子《しょうこ》
**警視庁幽霊係の災難**
コンビニ強盗に捕まった幽霊係。美少女幽霊、霊能力者が救出に動いた！

広山義慶
**女喰い**〈新装版〉
これが金と快楽を生む技だ！　この男、最強のエリートにして、最悪のスケコマシ。

喜安幸夫
**闇奉行　娘攫《さら》い**
美しい娘ばかりが次々と消えた……。娘たちを救うため、「相州屋」忠吾郎が立ち上がる！

佐伯泰英
完本　**密命**　巻之十五　無刀　父子鷹《おやこだか》
「清之助、その場に直れ！」父は息子に刀を抜く。金杉惣三郎、未だ迷いの中にあり。